从仰望星空开始

梁衡、
刘慈欣、
毕飞宇 等 ——————著

《作家文摘》——————编

中国出版集团 现代出版社

《作家文摘》名家散文系列

主　　编 孔　平

副 主 编 魏　蔚

编　　辑 吕秀芳　王晓君　丁　历

目录

辑一

阅读的重量

难忘那一种沉入心底的重量，
它击碎了我精神上的某个死结，
同时给了我身心的沉稳和力气。

辑二

从仰望星空开始

人生再漫长，

也不过是一瞬间的事。

漫长的时光反而短暂，短暂的瞬间反而永恒。

辑三

文化艺术之美

插一枝莲花到钧窑罐，
仿佛养一枝莲花在一个小小的天青色的水塘，
“雨过天青云破处，这般颜色做将来”。

辑四

荒野的声音

自然能够抚慰人心，
一个人心事再重，总有一部分本质，
会响应自然之律，旷然起来。

辑五

旅行与读史

他站在那里，好像能看见千万年来的人流，
足迹踩下又给覆盖，亦如树木倒下又生出，水涌过又枯竭，
在这周而复始的循环中，世界的面貌改变为他所见到的样子。

辑一
阅读的重量

难忘那一种沉入心底的重量，
它击碎了我精神上的某个死结，
同时给了我身心的沉稳和力气。

我想让自由和美丽把生命填满

李银河

一位哲人说："人必须完全自觉个人在这个无意义的世界中的不合理的存在，才能解脱。"我常常能够深刻感到生命的无意义、不合理。人从来到世上，一路挣扎、追求、修炼，然后就那么离开了。这有什么意义呢？这个问题是无法解决的，没有答案的，或者说这个问题的答案已有，但是没有人愿意接受它。这一答案就是毫无意义。既知答案如此，又要勉强自己生活下去，这是一个不可解决的矛盾。

在生命意义的问题上，荣格和海德格尔有不同的看法。荣格认为，对于正常人来说，有什么必要追寻生命的价值或存在的意义呢？这样的问题只是对于精神分裂了的、异化了的人来说才会发生。而海德格尔却认为应当追问存在本身的意义，"人就是一种领会着存在的在者"。

从很年轻时起，虚无主义对我就一直有很大的吸引力。这种吸引力大到令我胆战心惊的程度，使我不敢轻易地想这些问题。我不敢长时间地看星空。看着看着，我就会想到，在这众多的星星中，地球就是其中的一个；而人在地球上走来走去，就像小蚂蚁在爬来爬去。人的喜怒哀乐、悲欢离合在其中显得毫无价值。人们孜孜以求的一切实际上都是毫无意义的，或者说得更精确些：最终会变得毫无意义——吃饭对于饿的人有意义，睡觉对于困的人有意义，但对于死人来说，它们全无意义。每个人最终都会死，死就是无意义，生因此也无意义。人为什么要在世上匆匆忙忙地奔来跑去呢？有时我会很出世地想（好像在天上俯瞰大地）：人们在这个世界上奔忙些什么呢？我仿佛看到，在这小小的地球之上，人海汹汹，日月匆匆，不知人们都在追求些什么。

有一段时间，我的情绪有周期性的起落，差不多每个月都会出现一次“生存意义”的危机。在情绪低落时，就会有万念俱灰的感觉。人怎能永远兴致勃勃呢？一个永远兴致勃勃的人一定是个傻瓜，因为他从没想过他为之忙碌的一切都毫无意义。

普鲁斯特在《追忆似水年华》中说过：“我只觉得人生一世，荣辱得失都清淡如水，背时遭劫亦无甚大碍，所谓人生短促，不过是一时幻觉。”

毛姆在《人性的枷锁》中以主角菲利浦的口吻说：“人生没有意义，人活着也没什么目的。一个人生出来还是没有出生，活着还是死去，都无关宏旨。生命似轻尘，死去亦徒然。”

“万事万物犹如过眼烟云，都会逝去，它们留下了什么踪迹呢？世间一切，包括人类本身，就像河中的水滴，它们紧密相连，组成了无名的水流，涌向大海。”

他还这样写道：“我早已发现，当我最严肃的时候，人们却总要发笑。事实上，当我隔了一段时间重读我自己当初用我全部感情所写下的那些段落时，我自己竟也想笑我自己。这一定是因为真诚的感情本身就有着某种荒谬的东西，不过为什么这样，我也想不出道理来，莫非是因为人本来就只不过是一个无足轻重的行星上的短暂生命，因此对于永恒的头脑来说，一个人一生的痛苦和奋斗只不过是个笑话而已？”

这些文字总是能打动我的心：“一个无足轻重的行星上的短暂生命”“一个笑话”。如果人没有注意到这个残酷的事实，他活得肯定不够清醒，不够明白。人生在“永恒的头脑”看来，就是一场“当局者迷”的荒诞剧。然而，“旁观者清”啊。人们在台上很投入地扮演着悲欢离合的角色，悲壮激烈，他们不愿相信，在“永恒的头脑”看来，那不过是一个笑话而已，他们绝不愿相信。这就是人的愚蠢之处。每个不愿正视这件事的人都是在自欺欺人。

人活一世，都想留痕迹。有人说，人最大的目标是青史留名；有人说，即使不能流芳千古，能够遗臭万年也是好的。说这话的人没有想到：在地球热寂之后，什么痕迹都不会留下。记得我在发表了第一篇文章时，曾在日记中写道：我已经留下了第一个痕迹。当时的我没有想到，这个痕迹就像沙滩上的脚印，很快就会被海浪抚平。世界上没有一个人能够在宇宙中留痕迹，这是毋庸置疑的。亿万年后，没有人会记得马克思是什么人，别人就更不必说了。正如哲人所说：“人生的目的是什么？在我看来是不难解答的。人生的目的不过是死亡而已，因为在这世界里生存的一切都是像尘土一样地被时间的气息渐渐吹走……就像在沙漠中脚迹一下子就会被吹没了那样，时间也会抹掉我们存在的痕迹，仿佛我们的脚就从来没有踏过大地似的。”

既然如此，人活着岂不和死没什么区别？是这样的。这就是我对生活最终的看法。当你把这个痛苦的事实当作不得不接受的事实接受下来之后，你就会真正地冷静下来，内心会真正地平静下来。你会用一种俯视的、游戏的态度来看人生。

在想透了生活的无意义之后，就要“死马当活马医”了。尽管我们知道生活最终没有任何意义，尽管我们知道人死之后最终不会留下任何痕迹，我们还是可以在我们生存于世的这几十年间享受生存的快乐。尽管生命本身是没有意义的，但有些事对生命是有意义的：肉体和精神的痛苦对生命有反面的意义；而肉体和精神的快乐对生命有正面的意义。这就是我心目中舒适与幸福在人的生命中的位置。

有一段时间我开始读“禅”，心中有极大的共鸣。禅揭示了生活的无目的，无意义；它提到要追求活生生的生命，生命的感觉。其实，生命的意义仅在于它自身，与其他一切事和人都毫不相关。参禅时，我想到，过去我常常受到世间虚名浮利的诱惑，其实是没有参透。

然而，我又不愿意在参透之后使生命的感觉变得麻木。而是循着快乐原则，让生命感到舒适（没有病痛，基本生理需要得到满足）和充实（精神和肉体的enjoyment）。它包括对好的音乐、美术、戏剧、文学的享用。更重要的是把自己的生活变成一个艺术品，让自己的生命活在快乐之中，其他的一切都不必追求和计较。美好的生活应当成为生存的目的，它才是最值得追求的。

福柯说：“令我震惊的一个事实是，在我们的社会中，艺术已经变成仅仅与对象而不是同个人或生活有关的东西了。艺术成了一门专业，它们由艺术家这样的专家做出来。但是，难道每个人的生活不能成为艺术作品吗？为什么一盏灯或一座房子可以成为艺术品，我们的生活却不能成为艺术品呢？”

毛姆也曾说过：“我认为，要把我们所生活的这个世界看成不是令人厌恶的，唯一使我们能做到这一点的就是美，而美是人们从一片混沌中创造出来的。例如，人们创作的绘画，谱写的乐章，写出的作品以及他们所过的生活本身。在所有这一切中，最富有灵感的是美好的生活，这是艺术杰作。”

生命本身虽无意义，但有些事对生命有意义。

生命是多么短暂，我想让自由和美丽把它充满。

（《作家文摘》2015年总第1859期，摘自《李银河：我的生命哲学》，李银河著，中华工商联合出版社2013年7月出版）

最好的安慰

周大新

这几年，随着年龄不断增长，我一直在想人的心灵安慰问题。我们都知道，人在现实世界的生活终有一天是要结束的，什么时候结束，以怎样的方式结束，结束以后的诸事安排，一般年龄过了五十岁的人，都或多或少地要去想这些事情。人们在想这些事情的时候，免不了会产生心理焦虑，心灵会陷入一种不安定的状况之中。于是，我开始去读这方面的书，去想如何使处于人生后期的人获得心灵安慰的问题。牛津大学历史神学教授阿利斯特·E.麦格拉斯所著的《天堂简史：天堂概念与西方文化之探究》就是我所读的这批书中的一部。

麦格拉斯在这部书中对“天堂”这个概念是如何来的，是怎样变化的，又是怎样塑造西方文化的，进行了认真的研究和梳理。他带领我们将西方文化、文学史游历了一遍，向我们介绍了不同历史时期人们对于“天堂”概念的不同诠释和表达方式。他告诉我们，人类具有一种独特的能力，就是想象，“天堂”这一概念就是来自人类的想象。天堂也是人类对历史发端的一种迷蒙的记忆，是对遥远盼望的一个许诺，它满足了人类想超越今生的渴望。他告诉我们，“想象中的天堂”不是指天堂是一个虚幻的概念，是不顾现实世界的残酷而故意虚构的，它是运用上帝所赐予人类的特定能力对神圣的现实进行塑造，并且是以人类的百灵图景来进行表述的。人类在想象天堂的过程中，有三个形象是至关重要的，即王国、圣城和乐园。天堂是天上之城，是一个没有边境的王国，是一个最令人开心的花园，里面满是令人愉悦和欢欣的东西——树木、苹果、花、流动的水，以及各种鸟的鸣叫声……他告诉我们，天堂并不是随便就可以进入的，“升华的爱”是最终通往天堂的请柬。他还告诉我们，人类想象出来的天堂可以激发人的兴趣，抚慰那些在忧愁和痛苦重压下的心灵，天堂就是我们的故里，天堂里的众多亲人都在翘首企盼着我们的到来……

我在读这部书的过程中，方明白人类其实很早就开始关注心灵抚慰这个问题了。天堂这个概念的创造，西方的文学家、神学家、艺术家都有参与，它被创造的目的就是安慰和抚慰人的心灵。“天堂”这个概念和我们中国人所说的“西天极乐世界”这个概念有相同的地方，我们只要理解“西天极乐世界”这个概念，就差不多了解了“天堂”这个概念的内涵和外延。

人是自然界最精妙的造物，是肉体和心灵共存的统一体。人们因肉体必将消失所引发的心灵上的焦虑和恐惧，是人类必须解决的重大精神问题。西方人对天堂的想象，东方人对西天极乐世界的想象，都是想解决这个问题，这是对人的终极关怀。我们应该感谢前人在这方面所做的努力，有了这些想象，我们大多数人面对肉体消失可以做到平静对之。今天，不管我们个人离人生终点还有多远，只要一想到有天堂和极乐世界在等着我们，一想到天堂和极乐世界里有衣有食、有花有鸟、有山有水、有田有园，一想到天堂和极乐世界里充满了安宁和稳定，不再有疾病和债务，不再有不公和欺侮，一想到在天堂和极乐世界里我们和自己所爱的人永远同在而不必分离，我们就会感到极大的安慰，就不会惊慌恐惧，就会在衰老和病重之后，从容地和现实世界告别，就会使自己的心灵永远处在安宁平静之中。

今天，对于天堂和极乐世界的想象其实并没有终结，我们依然可以充分张扬自己的想象力，去想象那里的美好和欢乐，给那里增添更多赏心悦目的东西，从而使自己从中获得更大的心理满足。

（《作家文摘》2015 年总第 1848 期，摘自《看遍人生风景》，周大新著，河南文艺出版社 2014 年出版）

当哲学家谈论死亡时

陆春祥

去省肿瘤医院，探望一位亲戚，刚六十。手术很成功，见面却唉声叹气，怎么会来这里呢？我们聊了他的烟龄，聊了空气，聊了心态，聊了免疫力，我还和他聊了马原，就是那个肺部查出重大问题，然后辞教职、卖房子，到西双版纳高山上造了房子的小说家马原。

本来，还想和他聊我最近读的一本书——《哲学家死亡录》，英国作家克里切利著，谈到一百九十余位哲学家，上至古希腊，下至今日，跨越数千年，记录了一些值得铭记的死亡事件。转念想，在病房里直接谈死亡，显然不合时宜，我还是和读者谈吧。

事实上，我和那亲戚一样，不，几乎所有人，都恐惧死亡。“死亡同太阳一样，让人无法正视”（拉罗什富科）。

我们愚蠢地陶醉于占有钱财带来的肤浅感受，我们不断赞美医学的进步，不断赞美各种形式的长寿。同时，我们还会努力寻找那些能拯救死亡的各种仙方，巫师道士们长生不老的许诺，总令历代皇帝们神往，并为之竭尽全力。哲学家们却很清醒。

蒙田直言：“探讨哲学，就是学习死亡。”难怪，那些哲学家死得千奇百怪，哲学家，死得也哲学。

苏格拉底被判处死刑之后，发出了惊人的语言："现在分手的时候到了，我去死，你们活着；究竟谁过得更幸福，只有神知道。"

在他的学生柏拉图的记述中，苏格拉底发出这样的惊人之语一点也不奇怪：死亡具有两种可能性，它或者是一种湮灭，死者不会再有任何意识；或者如有人所说，它是一种真正的转变，灵魂从此地迁徙到彼地，二者必居其一。

到底是先哲，按这样的说法，如果是一种湮灭，那它就是一次漫长的无梦之眠，如果它通向某地，那将会见到很多老朋友，还能与一些不朽的人交流，两者都是非常美好的事情。

看哲学家如何死亡：赫拉克利特，将自己闷死在牛粪里；埃斯库罗斯，据说是一只老鹰将一只乌龟扔到了他的秃头上把他砸死了；恩培多克勒，想成为神，跳进了埃特纳火山口；柏拉图，据说是用乌头毒草毒死了自己；第欧根尼，自己憋气窒息而死；培根，为了评估冷藏的效果，往一只鸡体内塞满雪后，得感冒死了；狄德罗，吃杏时噎死；边沁，让人将自己的尸体塞满稻草，坐在伦敦大学学院中的一个玻璃盒子里供人观瞻，目的是让自己的效用最大化；梭罗，在一个雨夜，去数三棵树桩上的年轮，染上了支气管炎而死。

哲学家很另类，他们的死法很另类，但也有形象很正派的，比如伊壁鸠鲁。伊氏，在所有的事情上，都奉行节制原则。他曾感慨，只要拥有一个大麦面包和一些水，他就敢和宙斯比幸福。他关注培养人们的幸福感，这是一种没有欲望、没有烦恼、没有焦虑的生活。他这样说死亡："练习好好活，与练习好好死，是同一回事。"

写到这里，结论已经相当明确，死亡是人类生命的组成部分，死亡也是人类成长的最后阶段。一定会有很多人反驳："死亡那么美好，你为什么不去死呢？"我不回答，我用下面这个故事借代：

泰勒斯，通常被认为是人类第一位哲学家，他坚持认为生与死之间没有差别，有人就反问："那你为什么不去死呢？"他答道："因为没有差别！"无论怎么说，生命的短暂或漫长，与死亡的永恒相比，都不值得一提。

7853号小行星叫孔子，7854号小行星叫老子，即便孔子、老子，都变成了天体，也不会永恒！因此，被伏尔泰称作"最伟大的人"的马可·奥勒留，他的《沉思录》，就可以当作我们每一个活着的人的座右铭了：把每一天都当作最后一天来过，永不慌乱，从不冷漠，也永不装腔作势——这便是人性的完美境界。

一句话，我们来谈谈死亡，就是为了获得当下。

（《作家文摘》2019年总第2287期，摘自《而已》，陆春祥著，上海文艺出版社2018年8月出版）

人生的第二座山

万维钢

最近我读了戴维·布鲁克斯的《第二座山》。我先说几个例子，你想向谁学习？

王枫从中学到大学，都是全班成绩最好的学生，一路上的也是最好的学校，毕业后当然也是供职于一家最好的公司。这几天他成了微博的热点，因为他发布了一则征婚广告，其中列举了自己的各种过硬条件，以及对女方的种种硬性要求。网友认为王枫太物质了，王枫理直气壮地回应：“我是最好的，当然要找个最好的。”

周琪是一位美丽的青年女性，家庭条件很好。她毕业后决定先看看世界，再琢磨干什么。几年以来，她走遍了世界各地，发在微信朋友圈的照片不是在阿尔卑斯山滑雪就是在蒙古钓鱼。周琪认为，人生的意义在于体验，她要趁着年轻多体验世界的美好。

马小武今年四十岁，在一家医院当清洁工。五号病房的孩子得了不治之症，孩子的父亲老王眼看着一天比一天绝望。这一天，马小武打扫病房时，老王正好出去抽烟，马小武打扫完出来，在楼梯口碰见了老王。老王说：“你怎么干活的？怎么到现在还不打扫病房？”马小武没有反驳，反而谦卑地说：“对不起，我马上扫。”然后当着老王的面又打扫了一遍。

林肯站在乔治·麦克莱伦将军家的屋檐下等人开门的那一年，已经五十二岁了。他曾经狂热追求过声名和权力，现在都得到了，他刚刚当选美国总统。现在，他需要麦克莱伦出山帮他打赢内战。男仆说将军不在，林肯说没关系，他就在客厅等。一小时之后，比林肯小十七岁的麦克莱伦回来了，没理会林肯直接上了楼；半小时后，男仆出来说将军今天很累，下次再谈吧。随行人员都怒了，林肯却说：“礼节和我个人的尊严不重要，只要能请到一位愿意为联邦作战的将军，我可以一直等下去。”

王枫和周琪做得并没有任何不对，他们正在攀登人生的一座山。但是马小武和林肯攀登的，是第二座山。

“第二座山”是布鲁克斯发明的概念。他说人生要爬两座山，第一座山是关于“自我”的，你希望实现自我，越来越成功，获得幸福；第二座山却是关于别人的，是关于“失去自我”的——你为了别人，或者为了某个使命，宁可失去自我。

王枫和周琪代表着现代社会两种典型的生活理念。可布鲁克斯说，这两种活法带给人的幸福感是有限的。

三十岁的王枫比他二十岁时更无趣。你不知道他喜欢什么，他只喜欢“成功人士”喜欢的东西。周琪喜欢很多东西，可是从未真正选定过什么。在无限的自由中生活多年后，周琪有一种迷失感。

并不是第一座山不应该爬，但是布鲁克斯注意到，有很多爬完第一座山的人，现在都在爬第二座山。

第一座山讲个人自由，第二座山讲责任、承诺和亲密关系；第一座山讲独立，第二座山讲互相依赖；第一座山讲自我的成长，第二座山讲忘记自我；第一座山讲获得，第二座山讲奉献。

第二座山不是以你自己为核心，而是以别的什么为核心。第一座山追求的是幸福，第二座山得到的是喜悦。这里的幸福，特指个人的幸福。比如你取得了成功，在竞争中获得胜利，实现了目标，提高了能力，再加上各种感官的快乐，这些都叫幸福。喜悦，则是另一种东西。

人生的喜悦一共有六个层次：

第一层喜悦是心流。你非常投入地做一项工作，而且做得特别顺手、漂亮，你进入忘我的状态，感觉自己已经和工作融为一体。

第二层喜悦是与他人关系融洽。你在一个酒吧里坐着，音乐声响起，一个陌生人过来邀请你跳舞，你一看他就感觉合拍。你们配合得天衣无缝，完全融入音乐，你的自我意识好像消失了一样。

第三层喜悦是亲密的情感。比如妈妈第一次看到她的宝宝时的那种感觉；父亲看见孩子们快乐地玩耍，自己偷偷在旁边乐的那种感觉。

第四层喜悦是精神上的沟通。有一天，一个诗人在自家后院，发现一只鹰隼落在树上。他就那么盯着鹰隼，鹰隼也盯着他，人和动物之间的界限消失了，诗人希望那一刻永远都不要结束。

第五层喜悦是超越自我，是与万物融为一体的宗教般的体验。

第六层，也是最高级的喜悦，是道德喜悦。布鲁克斯观察到，那些身上背负着沉重负担、永远都被人需要的人，他们并不是一天到晚长吁短叹，而是整天都乐呵呵的。他们的脸上永远都有喜悦之情。

喜悦来自忘我。你要是没有任何负担，不会一天到晚都那么高兴，你会感到困惑，会觉得快乐已经到上限了。世界上没有人需要你，那其实是最不幸的感觉。你要是一身负担，同时又不把那些当成自己的负担，而是完全为了别人，你会充满喜悦。幸福是变幻无常稍纵即逝的，喜悦却是深刻而持久的。

（《作家文摘》2020 年总第 2370 期，摘自《青年博览》2020 年第 16 期）

阅读的重量

铁　凝

一般来说，阅读是和文字相关联的。虽然，人们有时也会把欣赏一幅好画说成“读画”。用在这里的“读”，强调的是欣赏的深度了，就此也微妙地点出了看画与读画间的差异。但是，在网络时代，在网页挤占书页，读“屏”多于读书，纸和笔逊位于光和电，机器的规则代替着汉字的规范，数字的操作颠覆了铅字的权威，“输入”代替着书写的潮流中，在“拇指文化”无限深入人群的今天，在消费的欲望热烈拥抱大众的背景下，“读”和“看”的界限似乎日渐模糊起来。入“网”者众，正如那位美国著名诗人的著名短诗：“生活——网。”技术的战车把新媒介——数码技术送进人间，使昔日“纸面”凝聚的诸多艺术的神性不断被“界面”的感觉颠覆和碾轧。看图被称为“读图”，而这里的“读”已不再意味着欣赏的深度。眼睛在网上快速、便捷地“暴走”，替代着以往细嚼慢咽似的传统阅读，这应该说是阅读的革命之一种。

不过我今天要谈的阅读，仅限定在纸面书籍的阅读。因为，虽然网络阅读的分量在今日人们的生活中已不可小觑，私下里却总觉得“符码”代替了“物质”的阅读，损失的是时间的纵深和历史的厚重。人在获得大面积爆炸性信息的同时，也会有某种难言的失重感。在我纯属个人的体验中，阅读其实是一种有重量的精神运动。不同的年代，阅读在人的生活中也表现出不同的重量。

70年代阅读带给我的重量级冲动

21世纪初年，有媒体问了我一个问题，让我举出青少年时期对自己影响最深的两本书，只举两本，一本中国的，一本外国的。这提问有点苛刻，尤其对于写作的人。这是一个谁都怕说自己不深刻的时代，如果我讲实话，很可能不够深刻；如果我讲假话，列举两本深奥的书，可那些深奥的书在当时并没有影响我——或者说没有机会影响我。最后，我还是决定说实话。

我出生在一个知识分子家庭，20世纪70年代初是我的少年时代，正值中国的“文化大革命”，那是一个限制阅读的文化贫瘠的时代。我自幼喜欢写日记，在那个年代也还坚持写，只是那时的日记都是“忏悔体”了。我每天都在日记里检讨自己所犯的错误，期盼自己能够成为一个“纯粹的人”。实在没有错误，甚至会编造一点写下来。就是在这样的日子里，我偷偷读到一本书，是法国作家罗曼·罗兰的《约翰·克利斯朵夫》。记得扉页上的题记是这样两句话：“真正的光明绝不是永没有黑暗的时间，只是永不被黑暗所掩蔽罢了；真正的英雄绝不是永没有卑下的情操，只是永不被卑下的情操所屈服罢了。”这两句话震撼了我，让我很想肯定自己，让我生出一种从不自知的既鬼祟又昂扬的豪情，一种冲动，想要去为这个世界做点什么。所以我说，《约翰·克利斯朵夫》在文学史上或许不是一流的经典，但在那个特殊年代，它对我的精神产生了重要影响，我初次领略到阅读的重量，这重量击碎了我精神上的某个死结，同时给了我身心的沉稳和力气。另一本中国的书，我选了《聊斋志异》。在那个沉默、呆板和压抑的时代读《聊斋》，觉得书中的那些狐狸，她们那么活泼、聪慧、率真，勇敢而又娇憨，那么反常规，作者蒲松龄有那么神异、飞扬的想象力，为我当时有限的灰色生活开启了一个秘密的有趣味的空间。

我的一位亲人，在同样的时代背景下，在从城市到乡村接受再教育的岁月里，劳动之余，倚靠着田野上的草垛通读了《资本论》和《列宁全集》，那些大书陪伴他度过了沉闷的青春期。问他当时为什么读它们，他只说是因为喜欢。

今天想来，类似上述的阅读实在是一种无功利心的自发性之举，因其自发性，所以也没有预设的阅读期待，那不期而至的阅读收获便格外宝贵和难忘。难忘的还有一种沉入心底的重量，这重量打击你，既甜蜜又酣畅。

群体性的阅读兴奋在 80 年代

20 世纪 70 年代末到 80 年代末，随着改革和开放，中国大陆曾经呈现过一种集体性的阅读大潮。文学一马当先，率先为压抑太久的国人搭建了一条宣泄情感、寄托热望的通道。

曾经出现过千百万人奔走相告，争读一篇小说的时光。也曾经有人在图书馆把喜爱的、十分抢手的一部几万字的小说手抄下来，为的是可以反复阅读。让人想起“文化大革命”中在民间流传的那些手抄本小说：《第二次握手》《一双绣花鞋》，甚至还有大仲马的《基督山恩仇记》……那时你走在街上，看到排队的人最多的地方一定是新华书店。有学者曾经这样说："一个民族对文学的亲近程度，决定着这个民族整体素质的高低。"这里我想说，一个民族对阅读的亲近程度，决定着这个民族整体素质的高低。

阅读的无用之用如前所说，阅读是有重量的，这重量让我们对阅读的重要毫不怀疑。当我们凝神于阅读那"重"的一面时，其实也不该忽略阅读的"轻"。这里我想起季羡林先生的一段话。前不久一位领导人看望季老，问起他正在研究什么，他说研究东方文学。这位领导人问："您这样大年纪，研究东方文学有什么用呢？"季老回答说："世上有很多的学问，不一定是立刻有用的。但是对有些人来说，知道也很重要。有些学问是你应该知道的。"我以为季羡林先生的话其实是很深奥的，由此想到阅读重量里那"轻"的成分。

新世纪的今天

我们的阅读和 70 年代、80 年代相比，已经有了诸多变化。市场销售最好的书往往更靠近生活的实用：农业科技、家庭医学、足球、赛车、房地产、保健、养生、美容、时装、烹饪、武术、花卉、商战、证券、股票……书海已经茫茫。这样的阅读看上去已不再承载精神的重负，却更加直奔主题，要的是立竿见影。这与我所说的"轻"仿佛还有差别。

我所说的"轻"包含了阅读那"无用"的一面，也许是真正意义上的阅读心境的解放。萨达姆在他最后的时刻，在他那个两平方米的小牢房里，他的枕边放的是陀思妥耶夫斯基的《罪与罚》。我想一个人在那样的时刻，当他想到自己灵魂的时候，恐怕不会放一个钱包在枕边，对着一个钱包来解决灵魂的问题。虽然阅读《罪与罚》也无助于对他生命的挽救。也还听说过这样的事：西班牙总统前不久发布了一道命令，政府免费赠送西班牙公民每人一本《堂吉诃德》。

在今天，重要的已不是无书可读，而是选择什么样的书来读。但我始终相信，若说这样的阅读是一种文化现象，这种文化现象最大的效益就是对人心的滋养。如果经济是酒，那文化也许是茶，或者是水。文化给人的力量正像“无用”的阅读给人的力量那样，它不是打击型的嵌入，更多的是缓慢、绵密、恒久的渗透，阅读的重量有时在于它的“重”，有时却在于它的“轻”。我们沉重的肉身会因某时刻“无用”的阅读而获得心灵的轻盈和洁净。这样的阅读不是生存甚至生计的必需，但它何尝不是一种更高的境界呢？这种自然存在的阅读状态，可能比故意的强迫阅读或者故意的淡漠阅读都更能体现人生的精神价值吧。

作为一个写作的人，似乎也就在阅读所呈现的不同重量里，找到了自己相对永恒的信心。当然，这已经是另外的一个话题。

（《作家文摘》2016 年总第 1990 期，摘自《以蓄满泪水的双眼为耳》，铁凝著，生活书店出版有限公司 2016 年 9 月出版）

宦读人生

李书磊

宦读人生

古时候学而优则仕，做官的都是读诗书的人，这很好，很值得欣赏。但我真正欣赏的不是读了书做官，而是做了官读书。读了书做官总有点把读书当敲门砖的意思，既贬低了读书也贬低了做官；做了官读书才是一种雅兴，一种大性情，一种真修炼。做官大概是入世最深、阅人最多的职业了，既从此业而又能够博览古今中外的经史子集，该会有怎样的会心和觉悟啊。古代的官员千里宦游，两袖清风，满墙书卷，白天升堂处理俗务，晚来在灯下读书咀嚼真谛，庶几近于人生的最高境界。

夸说这种境界似乎是有点浪漫了。做官实在是非常磨人，必得陷入各种复杂而危险的人际纠葛之中，往往是整日忧虑，满心烦恼；然而，官场却每有既能承担又能克服这种忧烦的高人，每有在这种忧烦之余清心问学的得道者。据说曾国藩一生都是半天办公，半天读书，即使是在战事激烈的军旅之中也不废此例，这可以看作一种典范。曾氏所读并非都是关于治国打仗的书，他悉心于哲学并且酷爱诗词，我曾经看到过曾国藩悼其亡弟的一副对联——“归去来兮，夜月楼台花萼影；行不得也，满天风雨鹧鸪声”，情意真切，令人玩味不已。实际上越是置身于官场是非之中越是需要读书来涤虑养心。读书致用倒还在其次，读书的至境在于养心，在于悟道，在于达到对人性的了悟与同情，达到对宇宙的洞察与皈依，达成个人人格的丰富、威猛与从容。

阅读中国的古典文学与哲学，就会发现中国的主流文化其实是官员们创造的。做官是一种大俗，读书是一种大雅。从俗的、做官的立场上来看，这大雅对大俗是一种拯救；而从雅的、读书的立场上来看，这大俗对大雅又是一种成就。在中国文化史上，那些老死书斋的学者往往成为陋儒，而宦游四方的官员则往往成为文化英雄。治国平天下的事功无意中变成了治学为文所必需的田野工作，这也算是历史和命运的一种机巧吧。

一次在一家大宾馆参观总统套间，可谓宝气珠光、豪华备至。但看完之后我仍然难生敬意，只是因为一个简单的理由：这里没有书。不管做多大的官，不读书便不过是一介俗吏。反之，只要永怀读书和思索的慧根，又何计其官职大小有无。我所向往的乃是向学的人不坠其阅历实践之志，实践的人不失其向学求道之心，众生都能在尘世修炼中得证菩提，达到人的圆满与完善。

乐读记

读书改变人生，却往往很难说是哪一本。当然某一本书也会对人生作用非凡，特别是经典，但更经常塑造人生的还是持续不断的广泛阅读，是不同年龄、不同境遇下的随缘涉猎。潜移默化，润物无声，在博览群书中反省经验、变换气质。所以古人特别主张“读万卷书”，主张“饱读”。

不仅是读闲书才有乐趣，读有用的书也会意趣盎然。其实只要心志开阔，对万事万物有浓厚的兴趣，读“闲书”也会很有用，读“有用的书”也可以不离性情。马克思的文字汪洋恣肆，恩格斯平实深厚，列宁神采飞扬，都是可击节叹赏的好文章。

我还记得上初二时读《列宁选集》欣喜若狂的心情，当时是在油灯下朗读列宁的文章，觉得这样的大好文章不朗读不足以表达热爱的心情。后来在大学上中国古代文论课，读到“元气淋漓”这个词，我一下子就联想起了列宁的文章。

中国的古书读来则很有亲近感。古书既是母语，也是“语母”。古书中的字词有时特别入骨，状述一个情景、一种情态特别贴切、准确，让人怦然心惊。重温古人遗词让我们对母语有新的觉悟，于现代生活的匆忙中体会到古人的细察深思。

读古书也是件轻松的事。古代的经史也不是高头讲章，多是故事，很好读。《论语》是一部回忆录，有情节，有场面，生动得很，所以孔子的话就能不知不觉地说到人心里去。学生记孔子言行也很家常，仿佛是无心记下的见闻，一时不是很高大的形象也都不省略。“子见南子，子路不悦”，估计是嘀咕了一些难听的话，孔子脸上就挂不住了，赌咒发誓说自己没有别的心思，否则“天厌之”。

这一个细节就让我感到《论语》是可言的，对孔子那些听来调子很高的夸奖大概也是写实的。《论语》笔调，平和自然，悠哉悠哉，一读就读进去了，两千多年之后也好像是在从夫子游，变成了他的学生。

《孟子》可以说是一部游记，孟子说话很冲，滔滔不绝，是用食指点着人说话的样子，语调昂扬。他把一套道理说得很完整，算是有点理论性了，但因为语气充沛也不觉得枯燥。孟子周游可以说是谋职也可以说是跑官，拔高点说是为了“行道”，不管怎么说都是有求于人，他却仍然用这样居高临下、理直气壮的语气，可见他所说的“浩然之气”是真的。《孟子》有青春气，少年时代读有同怀之感，现在读则有对少年的羡叹。从古人处汲取得少年精神，也是读古书的一种奇缘。

大学时代读《通鉴纪事本末》，常感觉沉重得透不过气来，真有“一篇读罢头飞雪”的慨伤。后来读《资治通鉴》本文就缓和了不少，一个大事件中又夹杂着许多不甚相关的小事情，可以冲淡一些，换换心情。读史难免是把自己放到里边的，读到险恶而内心悸栗，读到忠直而肃然起敬，参照之下忽然明白了许多事情。

古人说“右史”“左图”，其实不仅是历史，所有的学问都与地理相关。读地理著作别有喜悦，“游记”“风土记”“岁时记”，但看书名就让人心驰神往。《徐霞客游记》笔下的山川古道、桃花杨柳，仿佛就在我眼前伸展。地方史志也可以看作地理文献，出差到陌生地方，夜晚在旅馆的灯下读当地的志书，挥笔圈点，也觉得乐莫大焉。

（《作家文摘》2018年总第2198期，摘自《美文》2018年第12期）

海棠无香书有香

刘心武

十八岁以前，我住在北京钱粮胡同一所四合院里，春天推开我家堂屋窗户，会有海棠花树的枝子蹦进屋来，起初会缀着朱砂红的花蕾，后来就都绽放成粉心黄蕊白瓣的花朵，张爱玲判定海棠无香，确实没有馥郁的香味，但那股子特有的润泽水气，沁入肺腑，也足令人脑醒神清。我从十三岁到十八岁，春夏秋就常靠窗而坐，在探进窗内的海棠树枝下，静心读书。那时我是一个狂妄的文学小子。我读书，常常越出老师布置与报刊推荐的书目。我会被好奇心牵引，一阵阵的，寻觅同龄人一般不大会去读的文本。比如十七岁前后，因为看了舞台上的一些演出，忽然觉得，我何不读剧本？于是找了不少中外古今的剧本来读。

中国的，先是读曹禺的《雷雨》《日出》《北京人》《原野》《家》，吴祖光的《风雪夜归人》，田汉的《丽人行》，夏衍的《上海屋檐下》《法西斯细菌》，这些都是看过剧场演出的。后来知道洪深是中国话剧的开拓者，就找来他的“农村三部曲”——《五奎桥》《香稻米》《青龙潭》来看，不得要领。又找到茅盾的《清明前后》，那是茅盾创作的唯一剧本，读起来像读小说。老舍的《茶馆》在《收获》创刊号上一刊出，也就读了。听说李健吾、熊佛西也都是名噪一时的剧作家，但我也没找到他们的剧本集。

外国剧作家的剧本也进入我的视野。买到希腊三大悲剧作家埃斯库罗斯、索福克勒斯和欧里庇得斯的戏剧集，罗念生翻译的，读了觉得非常震撼。莎士比亚的《哈姆雷特》自以为很懂，墓地一场掘墓人的话，似乎比哈姆雷特那“活着，还是死去，这是一个问题”更给我稚嫩的心以刺激。印度古代大作家迦梨陀娑的诗剧《沙恭达罗》搬上了中国舞台，先看剧，再读剧本，对其中“你无论走得多么远，也不会走出我的心；正如黄昏时刻的树影，拖得再长也离不开树根”的金句推崇备至。

读冷书是我一贯的爱好。除了好奇，也是想用那样的文本来磨砺自己的认知与审美能力。但是，真正令我在海棠花下读来心醉的，是俄罗斯安东·契诃夫的剧本，尤其是《海鸥》《万尼亚舅舅》《樱桃园》《三姊妹》这几部。戏剧嘛，似乎必须具备戏剧性才符合规范。什么是戏剧性？就是登场人物之间必须冲突迭起，从小波澜逐步演化为大波涛。而契诃夫的剧本却淡化了戏剧冲突，似乎是若干日常生活的片段连缀，反悬念，反高潮，展示意料之内，呈现平凡平淡，但是有淡雅的诗意。

青少年时代，读了诗就心痒写诗，读了小说就手痒写小说，日记就是散文，读书笔记就是评论，那么一段时间里专注读剧，难道就不心也痒手也痒地写起剧本来吗？现在坦白，就如我那时写过许多诗却总未能沾诗坛之边一样，那时我也写过剧本甚至也给《剧本》杂志投过稿，但无一例成功。

改革开放以后，我有幸结识了林斤澜，后来和林大哥成为忘年交，把酒促膝谈心，将尝试过剧本写作的事对林大哥披露，大言不惭地说，是想写成契诃夫式的有“停顿”特色的剧本，林大哥不但没有鄙夷，反而掏心窝地告诉我，其实他最早热爱的文本形式，就是剧本，他在出版小说集之前，先出版过剧本集呢，他的剧本看过的行家跟他说，是很好的文学作品，适合阅读欣赏，但很难搬上舞台。前两年从人民文学出版社出版的《林斤澜文集》里，读到了一整卷剧本，我确是林大哥的知音，觉得真有点契诃夫的味道，淡香氤氲，尽在半吞半吐中。林大哥对我的启示是，无论读书还是写作，都不要跟风，要练就特立独行、甘于寂寞的文人风骨。

又将冬尽春来，海棠花又会再度开放。虽然离开那个推窗便有海棠树枝伸进屋内的住处近六十年了，青春期在海棠花下读书的求知追美之心丝毫没有衰退，回忆之余，想对年轻一代说：莫负好春光，开卷必有益！

（《作家文摘》2019年总第2214期，摘自2019年2月17日《文汇报》）

再卑微的人也有故事

李伟长

在盖伊·特立斯的《被仰望与被遗忘的》中，相对于那些被仰望的人物，他笔下那些被遗忘的灵魂更让我喜欢，从中我看到了大多数人的命运，包括我自己。

盖伊写了一个纽约的地铁售票员。他卖了几十年的地铁票，发现来买票的人都苦着脸，或者面无表情，便贴了一张字条在窗口：请给点微笑，这活儿已经够辛苦了。果然如他所愿，买票的人看到这张字条，都会心地笑了。

然而，售票员发现，乘客一进了地铁车厢，笑容就自动地消失了，脸上又变得毫无表情，重新开始了推搡，陷入拥挤和胡思乱想。瞬间的笑容去哪儿了？这个地铁售票员还发现了更多，他说：

> 我注意到一件事，大多数纽约人都习惯每天早晨从一个固定的转门入口进地铁，他们永远不会换别的门。

当一个人的习惯越来越多，也就意味着生活越来越趋于稳定，趋于无变化了。固化就是自我的体制化。人们对自我的禁锢和体制化常常意识不到。一边自愿沉迷于自我体制化，一边试图反抗外在的体制化，这便是大多数人的矛盾生活，也是被遗忘者的宿命。总有人不乐意堕落，总有人试图撕开沉闷的习惯，地铁售票员贴在窗口的字条就有着这样的意思。

都说人们常常不清楚，此生该走向哪里，但在地铁站，每一个乘客都知道自己的目的地，上班，回家，去出差，去开会，地铁也就成了过程，煎熬的过程。乖谬的是，时间短，但乘坐地铁似乎很容易让人焦虑，急切地等着到站，从地下走到地上来。

售票员也好不到哪里去，每天从地上赶到地下卖票，看到的都是没有表情的脸，以及稀里糊涂的问路者，收钱，卖票，久而久之，他们不变得冰冷才怪。地铁售票员们的工作乏味、无聊、单调和磨人，笑容被他们扔在了家里，笑不笑没什么不同。年复一年，面无表情就成了一种习惯。

他们就是被遗忘的人，没人会在意售票员们的喜怒哀乐。在大多数乘客的眼里，地铁售票员和自动售票机没有什么不同，甚至后者因为没有脸，反而看着比面无表情的人工售票员更亲切一些。一个售票员如果连续干上二十年，就可以这样表述：二十年来，有六十多万个人从他手里买下地铁票，在这些人中，他也许一个都不认识。

还可以有这样的句子：他工作三十年，平均每周一个 PPT，共做了一千五百多个 PPT，一个小小的优盘就装下了，退休时，他根本不想带回家；作为程序员，他一生写了几十万行代码；作为厨师，他一生炒了上万个菜；作为快递员，他一生送了几十万个别人的包裹。还有接听了几万个电话的客服，写了几千份可有可无的工作报告的人，听了几千场会议的速记员……然后他们被遗忘了。大多数人都属于这被遗忘的人群，又会被谁仰望呢？

必须自己给自己找点乐子，不然这无意义的工作，会摧毁任何一个有趣的灵魂。记得看过一本书《先上讣告，后上天堂》，讲有一个职业是写讣告，书里讲到《独立报》的前辈、九十五岁去世的豪斯顿·沃宁先生，曾为一万三千多个人写过讣告。

这能算是成就吗，还是真够无聊的？我想，唯一的解释，大概就是他真的喜欢写讣告，很多作家一直不断地写，哪怕是重复地写，只是因为他喜欢写，就像有的人喜欢打麻将一样。我父亲有个朋友，每天喝三顿酒，早上二两，中午和晚上各三两，一天八两酒，除非有事，否则雷打不动，喝了三十年，没别的，他就是喜欢喝。

盖伊就像高明的摄影师，拍下了许多人的镜头，有擦鞋工、理发师、按摩师、地铁售票员、叫早员等百十种职业人，那些被遗忘者的故事融合在一起，正是一个热闹乏味的城市，正是那热腾腾的无聊生活。用盖伊·特立斯的话说："纽约是一个巨大的、无情的、被分割的城市。在这里，早报第29版上登的是逝者的照片，第31版登的是订婚男女的照片，头版上满是那些现在主宰着世界、尽情享受着奢华人生，但终有一天会出现在第29版上的人们的故事。"

如果注定被遗忘，那就自己给自己找点乐子。如果期望获得仰望，让记忆记住故事，那就像盖伊那样写下来。救出这些被遗忘的人，我以为就是文学的意义。

（《作家文摘》2020年总第2361期，摘自《人世间多是辜负》，李伟长著，作家出版社2019年7月出版）

相见恨晚

苗　炜

我很早以前看过一个电影，叫《死亡诗社》，主演是罗宾·威廉姆斯，他演一位教师，英文老师基廷，来到一所私立男校教书。学校里的气氛很保守。学生们在基廷老师的影响下，喜欢上了诗歌，组织起了一个“死亡诗社”，聚集在校外的一个洞穴里读拜伦，读惠特曼。有一个学生，读诗之后变得更积极主动，追到了自己喜欢的姑娘；还有一个学生叫尼尔，本来是父母的乖孩子，要上医学院的，被基廷老师“蛊惑”之后，想去演戏，这让他爸爸勃然大怒，父子两人矛盾激发，尼尔自杀。他爸爸认为，儿子误入歧途，学校负有责任，基廷老师被迫辞职。这就是《死亡诗社》的故事，基廷老师想让孩子们领略到世界的富饶，让他们有自己的思考，有生命的激情，但也的确间接地害了一个孩子。

《死亡诗社》这个电影，讲的是1959年的故事。我们再来看1968年的一个故事，这不是小说也不是电影，是真事。1968年，有一个小伙子叫迈克尔·坎宁安，十五岁，在洛杉矶一所中学读书，课间休息的时候，会跑到校园的一个角落去抽烟，有个女孩也老在那儿抽烟。那个女孩儿很漂亮，很酷。坎宁安就跟那个女孩儿搭讪，问她："嘿，你喜欢鲍勃·迪伦吗？"那是 1968 年，每个年轻人都特别有激情，都是潜在的诗人，大家都喜欢鲍勃·迪伦。男孩子接着说："你觉得莱纳德·科恩怎么样？科恩是不是比鲍勃·迪伦还棒啊？"女孩儿抽完烟问："那你看过 T.S. 艾略特吗？看过弗吉尼亚·伍尔芙吗？"女孩儿说得很慢，声音也抬高了些，而且说的是这两位作家的全名，诗人 T.S. 艾略特，英国女作家弗吉尼亚·伍尔芙。男孩子老实承认："我没看过。"

第二天，迈克尔·坎宁安就去了学校图书馆，书架上没有艾略特，只有一本伍尔芙的《达洛卫夫人》，他就把《达洛卫夫人》借走了，回家看书。他看不懂伍尔芙在写什么，但他能欣赏那些句子，在坎宁安的回忆文章中，他是这么说的——

> 我从来没有读过或者写过这么复杂、这么有力、这么准确、这么漂亮的句子。她的遣词造句就像是吉米·亨德里克斯拨弄吉他一样娴熟。只有天才才能做到，在率性而为和控制全局之间，在毫无头绪和稳定的形式之间，一次又一次寻找准确的平衡点。

迈克尔说，语言是活着的媒体，那些句子是有伸缩性的，能给人快乐，而且变化无穷。迈克尔后来成了个作家，写了几个小说，《达洛卫夫人》这本书始终在他脑子里转悠。终于他动笔写了一个小说叫《时时刻刻》，还改编成了电影，迈克尔担任编剧。你可能看过这个电影，三大女明星主演，分别是三个女人的故事，妮可·基德曼，朱丽安·摩尔，梅丽尔·斯特里普分别演三个时代的女性。

一百年前，弗吉尼亚·伍尔芙在英国小镇上写《达洛卫夫人》，过了五十年，有个十五岁的学生，在洛杉矶自己的家里看《达洛卫夫人》，这个学生后来也成了一个作家，写了一个剧本，把《达洛卫夫人》变成了电影里的叙述脉络。

有一种说法，说古往今来的作家，都围坐在一张大圆桌上，你不知道谁和谁谈得来，谁又在影响谁，他们不是按照文学史的传承来写作，他们有自己阅读的脉络和喜欢的前辈。我们读文学作品也是这样，不知道遇到哪本书，会突然有相见恨晚的感觉，发现原来自己的那点儿小心思，被很久以前的某一个作家写过，他穿越时空，讲述他的故事，你捧着书，发觉从来没有一个人这样贴近你的心，这样温柔熨帖地跟你说话。

（《作家文摘》2020 年总第 2317 期，摘自《新民周刊》2020 年第 5 期）

一朝春尽红颜老

林清玄

十二岁的时候，第一次读《红楼梦》，似懂非懂，读到林黛玉葬花的那一段，以及她的《葬花词》，里面有这样几句：

> 尔今死去侬收葬，未卜侬身何日丧？
> 侬今葬花人笑痴，他年葬侬知是谁？
> 试看春残花渐落，便是红颜老死时。
> 一朝春尽红颜老，花落人亡两不知！

那是我第一次感受到落花也会令人忧伤，而人对落花也像待人一样，有深刻的情感。那时当然不知道林黛玉的自伤之情胜过于花朵的对待，但当时也起了一点疑情，觉得林黛玉未免小题大做，花落了就是落了，有什么值得那样感伤，少年的我正是“侬今葬花人笑痴”那个笑她的人。

我会感到葬花好笑是有背景的，那时候父亲为了增加家用，在田里种了一亩玫瑰，因为农会的人告诉他，一定有那么一天，一朵玫瑰的价钱可以抵上一斤米。可惜父亲一直没有赶上一朵玫瑰一斤米的好时机，二十几年前的台湾乡下，根本不会有人神经到去买玫瑰来插。父亲的玫瑰是种得不错，却完全滞销，弄到最后懒得去采收了，一时也想不出改种什么，玫瑰田就荒置在那里。

我们时常跑到玫瑰田去玩，每天玫瑰花瓣，黄的、红的、白的落了一地，用竹扫把一扫就是一畚箕，到后来大家都把扫玫瑰田当成苦差事，扫好之后顺手倒入田边的旗尾溪，千红万紫的玫瑰花瓣霎时铺满河面，往下游流去，偶尔我也能感受到玫瑰飘逝的忧伤之美，却绝对不会痴到去葬花。

不只玫瑰是大片大片地落，在我们山上，春天到秋天，坡上都盛开着野百合、野姜花、月桃花、美人蕉，有时连相思树上都是一片白茫茫，风吹来了，花就不可计数地纷飞起来。山上的孩子看见落花流水，想的都是节气的改变，有时侯压根儿不会想到花，更别说为花伤情了。

只有一次为花伤心的经验，是有一年父亲种的竹子突然有十几丛开花了，竹子花真漂亮，细致的、金黄色的，像满天星那样怒放出来，父亲告诉我们，竹子一开花就是寿限到了，花朵盛放之后，就会干枯，死去。而且通常同一母株育种的竹子会同时开花，母亲和孩子会同时结束生命。

那时我每到竹林里看极美丽绝尘不可逼视的竹子花就会伤心一次，到竹子枯死的那一阵子，总会无端地落下泪来，不过，在父亲插下新枝后，我的伤心也就一扫而空了。

多几次感受到竹子开花这样的经验，就比较知道林黛玉不是神经，只是感受比常人敏锐罢了，也慢慢能感受到“昨宵庭外悲歌发，知是花魂与鸟魂？花魂鸟魂总难留，鸟自无言花自羞。愿侬此日生双翼，随花飞到天尽头。天尽头，何处有香丘？未若锦囊收艳骨，一抔净土掩风流，质本洁来还洁去，不教污淖陷渠沟”那种借物抒情，反观自己的情怀。

长大一点，我更知道了连花草树木都与人有情感、有因缘，为花草树木伤春悲秋，欢喜或忧伤是极自然的事，能在欢喜或悲伤时，对境有所体会观照，正是一种觉悟。

最近又重读了《红楼梦》，就体会到花草原是法身之内，一朵花的兴谢与一个人的成功失败并没有两样，人如果不能回到自我，做更高智慧之追求，使自己明净而了知自然的变迁，有一天也会像一朵花一样在无知中凋谢了。

同时，看一片花瓣的飘落，可以让我们更深地感知无常，正如贾宝玉在山坡上听见黛玉的葬花诗“不觉恸倒山坡之上，怀里兜的落花撒了一地”。那是他想到黛玉的花容月貌终有无可寻觅之时，又推想到宝钗、香菱、袭人亦会有无可寻觅之时，当这些人都无可寻觅，自己又安在呢？自身既不知何在何往，将来斯处、斯园、斯花、斯柳，又不知当属谁姓！

看看这种无常感，怎么能不恸倒在山坡上？我觉得，整部《红楼梦》就在表达“人生如梦”四字，这是一种无可如何的无常，只是借黛玉葬花来说，使我们看到了无常的焦点。《红楼梦》还有一支曲子，我非常喜欢，说的正是无常：

为官的，家业凋零；富贵的，金银散尽；有恩的，死里逃生；无情的，分明报应。欠命的，命已还；欠泪的，泪已尽；冤冤相报实非轻，分离聚合皆前定，欲知命短问前生，老来富贵也真侥幸。看破的，遁入空门；痴迷的，枉送了性命；好一似食尽鸟投林，落了片白茫茫大地真干净。

从落花而知大地有情，这是体会；从葬花而知无常苦空，这是觉悟；从觉悟中知道万法了不可得，应该善自珍摄，不要空来人间一回，这就是最初步的菩提了。

读《红楼梦》不也能使我们理解到青原惟信禅师说的“老僧三十年前未参禅时，见山是山，见水是水；及至后来亲见知识，有个入处，见山不是山，见水不是水；而如今得个休歇处，依前见山只是山，见水只是水”的过程吗？

相传从前有一位老僧，经卷案头摆了一部《红楼梦》，一位居士去拜见他，感到十分惊异，问他：“和尚也喜欢这个？”

老僧从容地说：“老僧凭此入道。”

这虽是传说，但也不无道理，能悟道的，黄花翠竹、吃饭睡觉、瓦罐瓶杓都会悟道了，何况是《红楼梦》！

虽然《红楼梦》和“悟道”没有必然关系，但只要时时保有菩提之心，保有反观的觉性，就能看出在言情之外言志的那一部分，也可以看到隐在小儿女情意背后那广大的空间。

知悉了大地有情、觉悟了无常苦空、体会了山水的真实、保有了清明的菩提，我们如何继续前行呢？正是“一朝春尽红颜老”的那个“一朝”，是“万古长空，一朝风月”的“一朝”，是知道“放弃今日就没有来日，不惜今生就没有来生”！是“此身不向今生度，更待何生度此身”！是“当下即是”！是“人圆即佛成”！

那么就在每一个“一朝”中保有菩提，心田常开智慧之花，否则，像竹子一样要等到临终才知道盛放，就来不及了。

（《作家文摘》微信公众号2021年3月4日，摘自《如意菩提：林清玄菩提十书之四》，林清玄著，作家出版社2017年12月出版）

眼底云烟过尽时

李修文

瞿秋白赴死之前，曾有“眼底云烟过尽时，正我逍遥处”之句，世事便是如此：“死”这一字，自是性命的终局，也未必不是真境、善知识和血肉里最后开出的花。在生死的郊区，有人要留下句子，是为绝命诗，或是死不瞑目，或是追悔莫及，终归是指望和安慰，有这一句两句，仿佛是驿站长亭多了一座两座，长夜孤旅，携壶题壁刚刚好，最后的拯救与逍遥，都来得刚刚好。

自是有一些人，这一世不替自己活，他是在替眼前的风雅和后世的典籍而活，他也活得心力交瘁，但在旁人看来，肉体之外的物事篡改了他，他的行状里没有呼天抢地，也甚少欣喜若狂，说到底，这一场没有烟火气的生涯，不过是花团锦簇的阉割。唯有到了写下绝命诗的时刻，风吹云散，水落石出，八十一难已过，此身便是如来，你是什么命，你就要归于什么样的句子，这绝命诗，实在不是别的，它是肉体的遗迹，也是遗迹里的肉身。

“夕阳明灭乱山中，落叶寒泉听不穷。已忍伶俜十年事，心持半偈万缘空。”被押上刑场之前，监狱里的瞿秋白作成了这最后一首，却是集唐人四句而成，这四句里，除去致命的空无，还有隐隐的独善其身的冷漠，这冷漠早在拷打之前就已将自己画地为牢，也足可使接下来的刑场和子弹自取其辱——我早已是孤儿，枪还未开，且让我最后一次完成这联句之戏，大限到来，我亦不过是，生生世世的孤儿。

子弹穿过身体，不会生出前所未有的道理，就像佛法道识，它们在今夜灌注人心，明早起来，该念经的念经，该打坐的人还是要打坐，尘世依然广阔，心怀一死的人照旧不盼望结果，无非是法身非相，无非是无住无相，如此，唐伯虎才会在阴阳交分时留下如此句子："生在阳间有散场，死归地府又何妨。阳间地府俱相似，只当漂流在异乡。"

世事真是难料，唐伯虎和瞿秋白竟是赴死路上的同道中人，如果他们生在一个时代，如果俄罗斯诗人叶赛宁也和他们生在一个时代，弄不好，在肉眼看不见的地方，他们要结伴同行。1925 年一个冬天的凌晨，在俄罗斯，风雪中的叶赛宁咬破了手指，用血写下最后的诗句："再见吧，朋友，不必握手也不必交谈，无须把愁和悲深锁在眉尖——在我们的生活中，死，并不新鲜，可是活着，当然更不稀罕。"

叶赛宁诀世而去，却不是所有人都能在找不到钢笔时就咬破自己的手指，相反，有人会走得更远，以至于，如果在这世上找不到一个人，她便要去另一个世界里找他，就像叶赛宁的情人加琳娜 · 别尼斯拉夫斯卡娅。他最后的诗句是为她所写，一年之后，在他的墓前，无法接受世上已无叶赛宁的别尼斯拉夫斯卡娅，用一把手枪结束了自己的生命。谁又想到，一首绝命诗，绝了两个人的命；谁又能想到，别人的句子，怎么会变成杀死自己的刀子？

绝命诗一途，实在也是字词搭成的奈何桥，在这桥上流连的人，既有一个无法重蹈的前世，还有一个雾气茫茫的前方，无论是心无挂碍，由此及彼只当作击鼓传花，还是捶胸顿足，拼尽气力也要踟蹰不前，暂且全都放下，时间到了，想哭的人终需哭出来，一切诉说、眷念和绝情，都要淋漓，都要恶狠狠，唯有如此，才能拿获此刻的解救，如此，做过清朝官吏的故明遗民吴梅村才会对自己说："忍死偷生廿载余，而今罪孽怎消除。受恩欠债应填补，总比鸿毛也不如。"因乌台诗案下狱，自忖难逃一死的苏东坡才会对弟弟说："是处青山可埋骨，他年夜雨独伤神。与君世世为兄弟，又结来生未了因。"

你若是声称自己打山中来，总归有人要问，带没带来兰花草；现在，你是打血肉里来，你在写绝命诗，你便不是别的，那只执笔之手，其实就是包藏了人间生涯的七情六欲，或是死灰之心，或是不系之身，旁人看去，总要见到你这一世，到底是水漫了金山，还是命犯过桃花，纵如李鸿章，"劳劳车马未离鞍，临事方知一死难"之句既出，再回想他二十岁时写下的"一万年来谁著史？八千里外觅封侯"，便有多少人抛却庙堂高论，转过身去，念及了他的难与苦；再如宋朝的蔡京，临死写下"八十一年往事，四千里外无家"的句子，读过的人终是不免恻隐，千错万错，他究竟是饿死在穷途末路上。

话说回头，皮肉之苦，性命之忧，并不是在所有的绝命诗里都能寻见相应。"误落人间七十年，今朝重返旧林泉。嵩山道侣来相访，笑指黄花白鹤前。"清人严我斯的这几句临终之诗，看似声色未动，实有自圆其说的欣喜，却深得多少人的倾慕，只为它呈现出了一个结果，这结果风平浪静，让人忽略道路上的枝丫丛生，却又堪称奇迹，而且，奇迹的获得，并不是沥血抄经后的恩赐，说出去，人人都会相信，如此，它便成了人人的指望，好像才子佳人小说里末尾处的大团圆。

我第一回着意于绝命诗，是多年前看章回小说《刘公案》之时，小说里有一个女子，名叫焦素英，不堪冤屈，悬梁自尽，留下诗句十首，也不过是些寻常之语，譬如“独坐茅檐杂恨多，生辰无奈命如何”，譬如“犹有一条难解事，床头幼子守孤帏”。这些寻常之语，一如她在世时吃过的粗茶淡饭，但却和了血泪，慢慢读下去，便觉得事事关己：她放不下的，我们也一样都放不下，她所日夜号啕的，即使搁在今日里我们也一样无力承担，她就来自我们中间，我看见的她，其实就是我自己。

在无边的绝命诗旷野上，如果以坟地作喻，我喜欢的，不是城阙般的高耸陵寝，只是满目可见的散落野坟，它们往往被荒草包裹，却各自连通着回家的道路。因为于此，在我读过的绝命诗里，恰是两个无名氏留下的句子最让人不堪再读，一个是过去时代的死囚，在断头前的一瞬，他既知无力回天，便只得喃喃自语：“黄泉路上无驿站，今夜投宿在何方？”另有一个，是古罗马时代的妓女，闭目之前，她捧出呼告，并且嘱咐姐妹们将这呼告刻在自己的墓碑上：“生前已遭蹂躏，行旅至此的人啊，勿要再践踏我。”

果然——你是什么人，你便有什么样的命。你是什么命，你便被埋葬在什么样的句子里。

（《作家文摘》2016 年总第 1942 期，摘自《背影是天蓝的》，笔会编辑部编，文汇出版社 2008 年 5 月出版）

辑二
从仰望星空开始

人生再漫长，

也不过是一瞬间的事。

漫长的时光反而短暂，短暂的瞬间反而永恒。

泰戈尔的真诚

凸　凹

读《泰戈尔谈人生》(商务印书馆，2009 年 12 月版)。

泰戈尔对人生有乐观认识，他认为，人生的每个阶段都有意义。一如稻谷，离开了风光于田埂的日子，就又有了宝藏于仓廪的时光。读泰戈尔，不禁让人想到，好的诗句，好的文字，从不一下子说破，应该有回味——诗句结尾之处，正是意义生起之时。文学的伟大，就在于它有“句子之外的意义”。

泰戈尔还有一个认识，让我心境豁然。他说：“人们往往接受你的奉献，而不接受你自身。”换言之，你奉献了，价值就在了，没必要再关心“自身”在社会上、在人心中有没有位置。这让我联想到，所谓大人物，即便是身居高位、权重一时，或者腰缠万贯、颐指气使，但如果没有人格影响、社会作为、文明贡献，在时光深处，也是“小人物”；反之，位卑言轻、贫贱暗淡的小人物，如果他对国家、民族、群体有积极贡献，对人类进步、社会风气有积极推动，历史也会记住他们，也是“大人物”。

所以，依泰戈尔的逻辑，“乐生”必定与“有为”紧密地联系在一起。

泰戈尔在论述人生的每个阶段都有意义的同时，也强调要懂得功成身退，让出原有的“位置”，开辟新的疆域，用另一种方式延续生命的价值。

他说，果实成熟，离别枝条，是它的光荣。

因为离开枝头，正是它新生命的开始——落入餐盘，被人类享用，会化作人的生命活力，经由人去开创新的价值；落入土地，会变成种子，衍生新的植株，结出更多的果实。所以，离弃并不意味着虚无，而是诞生。

给人的启发是，在博取权位的同时，应该记住：完善了权位，就应该把它放弃。否则被人强行从权位上拉下来，就失去了光荣与尊严。就是说，事功之后，要适时从权位上退下来，自己隐入台后，让功德熠熠闪光。

泰戈尔特别推崇印度古谚：“年逾五十，人应该进入森林居住。”

他解释说，这并不是要人去做隐士，而是提醒人，年逾五十，就不要再贪恋红尘，追名逐利，要懂得修炼内心，做默默的奉献。寿则多辱，并不是辱就天然地附着于寿，是寿者蒙昧，该通透清明之时，却蹚红尘祸水，陷在功名利禄之中，丢怪露丑。

泰戈尔认为，人生再漫长，也不过是一瞬间的事。而且，实际情形，往往是这样，漫长的时光反而短暂，短暂的瞬间反而永恒。

他的话，一经回味，从自我人生中，会找到很多对应的例子——

昨天填个人履历，发现倏忽间我已经有三十年工龄了，回望三十年，真不知自己都做了什么，除了写了几部不温不火的书，还留下什么？简直是一事无成。而父亲临终前那个一瞬间的表情——眼神哀怜无助，就像一个落单的孩子——却给我留下了不可磨灭的痛感，每一想起，都会感到，生命苦短，要懂得珍惜。这短短的一瞬，抵得过三十年的碌碌无为，在人生体验上，有永恒的意义。

还比如，已有了二十八年的婚姻生活，时光的磨损，已让我看不到爱情的模样了。但是，初恋的一个镜头，却让我念念不忘——黑夜里，她朝我走来，由于急切，忘记了脚下路面的不平，踩到一个凹处，打了一个剧烈的趔趄，虽未跌倒，但眼中的惊悚失魂却给我留下深深震撼。每一忆及，都让我感到，所谓爱情，就是这种惊悚性质，如果不能让人失魂落魄，就没多大意思了。

所以泰戈尔说，生命的存在，就是踩着一个个瞬间而走完人生旅程。

也就是说，人生的目的其实并非真的那么重要，重要的是过程，留下刻骨铭心记忆的那一个又一个生活瞬间。

读泰戈尔，感到他既幽深又明豁。他的诗，隽永蕴藉，非反复思量不能得其韵味一二，而他的人生之说，却深入浅出，是参悟通透之后的娓娓而谈。

譬如他说友谊和爱情的区别，就明达得让人会心会意——

所谓友谊，可以理解为三个实体，即两个人和一个世界。换言之，两个人成为合作者，做好世上的事情。而所谓爱情，就只有两个人，而没有世界。两个人就是世界。在友谊中一加一等于二；在爱情中一加一还是一。

友谊可以逐步演变成爱情，可爱情却不能降格，最后成为友谊。一旦爱上一个人，之后要么爱，要么不爱。友谊有升华的空间，因为它并不占有所有的地方。可是爱情没有扩张、收缩的余地。它一旦存在，就充满所有的地方，否则它就不存在。当它看到它的权力在不断减少，就没有兴趣再去占有友谊的方寸之地。昔日高踞宝座的国王，可同意当无牵无挂的游方僧，却怎么也不会心甘情愿地当纳贡的诸侯！要么手握权柄，要么四海云游！中间没有他的立锥之地！

换言之，爱情是寺庙，友谊是住宅。神明离开寺庙，不可能去做住宅区的事情；但在住宅区里，却可以安置神明。

据五十年的人生经验，我觉得泰戈尔的话是圣明之言。所谓“买卖不成仁义在”，是成立的，因为买卖双方还有未来的利益；但不能当恋人却还可以做朋友之说，却是欺人欺心之论。因为爱情是非功利的存在，是纯粹之地，容不得丝毫杂质。要么爱，要么恨，即便不恨，也是远离或冷漠。心火烧尽，只有死灰，死灰之上，再用力地吹，也不会死灰复燃。

所以，衡人论事，要说真话，不要为那一点所谓的文雅、所谓的高尚，而说违心的话。

泰戈尔的可贵，就在于他始终在说真话。

（《作家文摘》2017年总第2034期，摘自2017年3月21日《北京日报》）

结交唯结心

张怡微

《古今小说》中有多则友谊故事，奠定了中国文学文本对于“友伦”的基本概念。如第七卷《羊角哀舍命全交》，说的是春秋时，贫士左伯桃往楚国谋前程，路遇另一儒人羊角哀，相谈甚欢，抵足而眠，并决定相携一同去往楚国。不想天气恶劣，路又不平顺，伯桃受冻不过，舍命将身上衣服和干粮给了羊角哀，后羊角哀果然飞黄腾达，厚葬旧友。故事到此，虽是同袍真情，却看似平常。谁知后来，左伯桃阴灵竟被荆轲和高渐离欺负，羊角哀想了很多办法帮助他都失败了，最后决定生死共处，自刎前去助战。小说末尾感慨，“古来仁义包天地，只在人心方寸间”。真正的友谊，是我愿意为你的前程献身，与此同时，你也绝不能贪生怕死。

再如第十六卷《范巨卿鸡黍死生交》，以现代的眼光来看更为奇异。汉明帝时期有一个秀才张劭出门应举，投店时救了隔壁一个患了时症的秀才范式，两人结为兄弟，却都误了应试的日期。范式非常感动，想要登堂拜母（“汝母即吾母”），两人相约在第二年重阳，张劭在家设鸡黍宴。到了第二年，张劭等到半夜，范式都没有来，只来了一阵风，原来，范式忙于家务忘了日期，为了守信，他想着“人不能行千里，魂能日行千里”，于是自刎而死，魂驾阴风，特来赴鸡黍之约。“鸡黍之交”为八拜之交之一，是我们非常熟悉的友谊典故，范式张劭的情谊可谓如梦如醉，千里幽魂叙旧盟。不仅为我们定下了“你妈就是我妈”的友谊标准，且“人没有来风来了”，其实也影响到了后世小说，如《聊斋志异》中的《王六郎》。

《王六郎》选自《聊斋志异》卷一。故事说的是许姓以渔为业，以酒为好，打鱼饮酒时，顺便把酒洒在河边以祭祀水中亡灵，感动了水鬼王六郎，因王六郎本身也是“沉醉而死”。为了报答情分，王六郎暗中帮助许姓打到更多的鱼，结下了深厚的友谊。有一天，王六郎突然对许姓说，他的业报已满，将要重新投身人间，所以两人离别在即。许姓开始有些害怕，后来很快有了惜别之意。虽然伤心，但两人畅饮并互诉衷肠，加深了情谊。次日，本应有一女子渡河，溺水而死，代替王六郎。但王六郎看到她怀中婴儿，不忍心伤害两个人的性命，放弃了这次机会。于是王六郎与许姓一如既往，饮酒捕鱼。王六郎的好心肠感动了玉帝，他又将赴任异地新神，两人又要告别。王六郎走后，许姓不忘旧情，一诺千金，不顾家人反对，置办行装去往几百里外的招远。在路上，许姓遇到许多帮助他的人，都是王六郎托梦拜托的。

有趣的是，这些令人难忘的友谊故事都发生在男性之间，且都以死亡作为检验标准。不管是“你的前程就是我的前程”，还是“报恩”，或是“守约”，以至于我们可以很容易联想到其他男性结盟的古代故事，如《水浒传》《三国演义》等，让我们确认关于中国式男性“友谊”的常识，即“不求同年同月同日生，但求同年同月同日死”，如果没有“同年同月同日死”，至少也要“灵輀若候故人来，黄泉一笑重相见”。

西方文学的情况是怎样呢？在《希伯来圣经》和《新约》中，多数友谊故事都是以男性为中心的。（一直要到十三四世纪，女修道院中才出现了友谊书写。）如今被社交媒体广泛引用的友谊理论，无论是亚里士多德的《尼各马可伦理学》中“论友爱”一节，或是最早撰写有关友谊文章的基督徒之一圣奥古斯丁，还是蒙田的《论友谊》，讨论的都是男性友谊。其中，圣奥古斯丁在谈到“失去朋友”时说的，“我讨厌世界上所有一切东西，因为没有一个东西藏有他的身影”，颇有些《王六郎》的意趣。可见古今中外，我们对于友谊的推崇和歌颂，始终是很热心的。令人感到遗憾的是，这些理论的创造者很多都不相信女性的友谊，我们却在当代反复引用他们的话，以为这些美好的词汇是通用的、属于每个人的。实际上公元前六百年至公元一千六百年，几乎所有提到“友谊”的文献都只跟男性有关。文学上所谓女性友谊故事，是一个相当现代的观念。这也在另一方面提醒着我们，可能女性教育与友谊书写的关系密不可分。我们首先要学会读写，才能记录我们的故事。我们首先要学习知识，才能鉴别好的情谊、鉴别有质量的感情。

在读到玛丽莲·亚隆的《闺蜜：女性情谊的历史》之前，差不多有两年多的时间，我都对友谊书写保持着高度关注。时间越久，越感到友谊真是一种静水深流的人际关系。看看很简单，若要反映到文学文本中，心灵力量的呈现是十分困难的。我们除了要有在现实生活中结盟的新知识和共同利益的建构经验，还要在心灵层面具有书写的欲望，有意识地命名现代社会中女性的义气到底是什么。玛丽莲·亚隆在书中的一节提到一个细节很有意思，她说工人阶级的女性友谊产生于生产、生病和过世时的互相帮助，公务员的妻子爱写信，莎士比亚的文学世界中“女人的友谊与婚姻起冲突”。这似乎说明了在无法广泛参与社会资源分配的前提之下，在不必事事以死亡、借钱、替你坐牢作为检验标准的文学环境中，女性友谊更具有在世的、围绕着生计的特质，更具有情感的深刻性和艺术性。然而，我们显然需要更多的故事来诠释这些问题，这对于我们丰富对友谊的认知，也会有很多好处。

在我看来，《王六郎》故事最灵性的呈现，在于为什么这个看不见的朋友甫一出现，渔夫就知道，他这一生不会有第二次机会遇到这样特别的人，这样特别的情谊，结交唯结心。回想往昔，这样的感觉我们有过吗？我想是有过的。此其所以神也。

（《作家文摘》2020 年总第 2307 期，摘自 2020 年 2 月 3 日《文汇报》）

时间足够你爱

刘慈欣

那是四十多年前的一个炎热的傍晚，大人们都在外面摇着扇子聊天，家里只有我一个人在流着汗看书，那是我看的第一本科幻小说，凡尔纳的《地心游记》。如痴如醉中，书从我手中被拿走了，是父亲拿的，我当时有些紧张，因为前几天看《红岩》被他训斥了两句，还把书没收了，但这次父亲没说什么，默默地把书还给我。就在我迫不及待地重新进入凡尔纳的世界时，已经走到门口的父亲回头说了一句："这叫科学幻想小说。"这是我第一次听到这个影响了我一生的名词，我现在还清楚地记得自己当时的惊讶，我一直以为书中的故事是真的！凡尔纳的文笔十分写实，"这里面，都是幻想的？"我问道。

"是，但有科学根据。"父亲回答。就是这三句简单的对话，奠定了我以后科幻创作的核心理念。

以前，我都是把 1999 年发表第一个短篇小说作为自己科幻创作的开端，其实，我自己的创作历程要再向前推二十年。在 1978 年我写了第一篇科幻小说，是一个描写外星人访问地球的短篇，在结尾，外星人送给主人公一件小礼物，是软软的可以攥在手中的一小团薄膜，外星人说那是一个气球。主人公拿回去后向里面吹气，开始是用嘴吹，后来用打气筒，再后来用大功率鼓风机，最后把这团薄膜吹成了一座比北京还大的宏伟城市。我把稿子投给了《新港》，然后石沉大海没了消息。

在发表《鲸歌》前的这二十年中，我断断续续地写作。其实，早在 80 年代初，由我和父亲那三句对话所构成的传统科幻理念已经开始被质疑，然后被抛弃，新的观念大量涌入。我感觉自己是在独自坚守着一片已无人问津的疆土，徘徊在空旷的荒野中，偶尔路过一处野草丛生的废墟，那种孤独感仍记忆犹新。在最艰难的时候自己也曾想过曲线救国，写出了像《中国 2185》和《超新星纪元》这样的东西，但在意识深处仍在坚守着那片疆土。后来放弃了长篇小说的写作，重新开始写短篇，也重新回到自己的科幻理念上来。

开始在《科幻世界》上发表作品后，我惊喜地发现，原来这片疆域并不像我想象的那样空旷。

科幻文学在中国有着不寻常的位置，作为一个类型文学体裁，它所得到的理论思考，所受到的深刻研究和分析，所承载的新观念新思想，都远多于其他的类型文学。没人比我们更在意理论和理念，没人比我们更恐惧落后于前卫，于是，一件奇怪的事发生了。

获得雨果奖后的这一个月，有机会与更多领域和阶层的人谈科幻，更感觉到这件怪事的存在。科幻界和学术界谈的科幻，与界外的人们谈的科幻，几乎不是同一种东西。

曾经有一位著名作家说过，以托尔斯泰和巴尔扎克为代表的古典文学，是一块砖一块砖地垒一堵墙；而现代文学和后现代文学则是一架梯子，一下子就能爬到墙头的高度。这种说法很好地描述了科幻界的心态。我们总想着要超越什么，但忘了有些东西是不能越过的，是必须经历的，就像我们的童年和青春，不可能越过这些岁月而直接走向成熟。

经过一个由偏执走向宽容，由狂热走向冷静的过程，我后来意识到科幻小说有许多种，也明白科幻小说中可以没有科学，也可以把投向太空和未来的目光转向尘世和现实，甚至只投向自己的内心。每一种科幻都有存在的理由，都可能出现经典之作。

但与此同时，那三句对话所构成的核心理念在我心中仍坚如磐石，我仍然认为那是科幻文学存在的基础。虽然走了一百年，中国科幻文学至今也是刚启程，来日方长，时间足够你爱。

（《作家文摘》2017 年总第 2091 期，摘自《最糟的宇宙，最好的地球》，刘慈欣著，四川科学技术出版社 2015 年 12 月出版）

寂寞的邮筒

痖　弦

中国古代没有健全的邮政制度，大概除了朝廷、衙门、军队为了政令传达或情报收集的需要，设有特别机构递送公函情报外，一般人书函往来，除了“吉便带交”的方式，没有任何别的办法。

近代邮政系统的建立，虽然肇始于清季，但一直到民国二十年代，偏远的广大乡村仍难得见到邮差的影子。我乡河南西南部一带，农村人管写信叫“打信”，只要有谁家在外头“当兵吃粮”的壮丁“打”一封信回来，喜出望外的收信者总要恳留从乡公所来的信差吃一顿中饭再走。这在“邮差只按一次铃”的今天是无法想象的。

通信是人生一乐，不过把写信视为畏途的人似乎也不在少数。美国二十世纪六七十年代的嬉皮书店里，就有出售过一种“专门为懒人设计的明信片”，上边印好了三十几个状况，写信的人视自己的需要用笔打个钩，签个名就可以投邮了。虽是如此，世界上喜欢写信（至少喜欢收信）的人还是占大多数，鱼雁往返的书信文化，早已成为人类生活中最美好、最甜蜜的经验了。

从中外文学生产的历史观察，书信一直是各种文类以外的一项丰厚的精神遗产。中国的唐宋八大家几乎个个都是写信的高手。在西方，古希腊书信作家的作品卷帙浩繁；文艺复兴以后，欧陆各国重视书简文学的传统从未间断，文豪级作家逝世后，其遗著的整理工作，一定包括书信的汇编与出版在内。书信，早已经被提升到文献的位置，成为弥足珍贵的历史丰碑了。

法国文学批评家朗松论书信文学，认为书信是宝贵的人生文件，也是心灵的历史。一封信所反映的常常是执笔者的原始性格，没有虚构，不加修饰，直抒胸臆，能达到小说、诗歌作品达不到的诚挚与真实。他以大学问家伏尔泰为例，说伏氏最喜欢与人通信，他写起信来意兴飞扬，情绪激越，智慧火花四射，有人说他的信比他正式的论著还生动。其实不只是重要人物，一般普通人的信件也照样有可读性。试想如果考古学家能从塞外古战场的沉沙下，寻出几封当时闺中女子写给征人的家书，那必定是感人肺腑的绝唱。朗松认为，书信更重要的意义，是可以从中观察出性格与性格间互相碰撞、消耗、渗透、吸纳与修正的真实情况。如果把个人的殊相演绎为社会共相，那整个时代的缩影都在其中了。

早年，上海扫叶山房曾出版一种“写信不求人”的书，其实是多此一举。写信是不必求人的，书信并没有一定的模式，有多少性格就有多少书信模式，写信人只要按照自己的习惯，使用方便的文字，保持本色，平平实实，自自然然，就能写出一封动人的信。朗松说千万别相信“写信的艺术”一类的指导，书信之道无他，“当两个人不能讲话的时候，那就写信！问题就是那么简单”。

绝妙好信与绝妙好词同样引人入胜，也许是人类原本就有偷窥的心理吧，人们对别人书信的阅读兴趣有时还大于文学作品。伏尔泰说："邮政大臣倒是从来不拆私人的信的，除非他需要知道信里写的是什么。"路易十五以偷偷拆看巴黎人的往来书信消磨宫中长夜。他皇帝老子要看，谁敢说个"不"字？

我常常把自己归为"写信的一代"。事实上，当年我们那批写诗的朋友都是喜欢写信的。结婚之前每个人都留下大叠大叠的情书，不知如何处理，烧了不好，不烧更不好，为了不激怒新娘子（因为通常她们都不是那些情书的收信人），只得把你的信放我家，我的放你家。年长月久，虫蛀鼠咬，最后都不见了。不消说那些信的文艺气氛都是十分浓烈的，试读当年杨唤写给朋友归人的信就可推想一二，写给同性朋友的信都那么文学，写给情人的更是信就是诗，诗就是信了。

书信文化受到最大的冲击，是传真和电子邮件的出现。我有一位在邮政界服务多年的朋友，对这种传输革命的严峻情况感喟最深。他说用纸笔写信的一代正逐渐消失，今天邮差送到各家信箱的，一大半是收到后马上被丢掉的"垃圾邮件"。宣纸、毛笔写就，篇幅整洁，翰墨生香的尺牍文学恐怕要永远隐入历史了。

废名诗"行到街头乃有汽车驰过，乃有邮筒寂寞"。诗人好像早有预见，真的，照今天这样子演变下去，邮筒焉能不寂寞？

附：痖弦先生给河南著名作家杨稼生的信

稼生：

"渭北春天树，江东日暮云。"这两句诗，我记不清是李白梦杜甫，还是杜甫梦李白诗中的，它说明好朋友总是梦里来梦里去的。

今晚，我又从梦到你的梦中醒来，心中浮现出“渭北春天树，江东日暮云”的怀友名句，披衣坐在书房，写封短信给你。你好吗？还有嫂子，你俩好不好？我已八十七岁了，开口忘词，提笔忘字。稼生比我大，竟能写那么多的信给我，我很感动，一边看一边哭，一边哭一边看，把信都哭湿了。

稼生，你把我做过的“好事”、说过的“嘉言”都细数在那里，我愧不敢当，只想说，知我者稼生也。

从这封信上看，你的思路十分清楚，周延，还可以写文章。写吧，替你自己写篇（不，写一大本）回忆录。我是不行了，只能口述，让人记录。在温哥华遇见一位女士王立，她愿意帮我记，已完成了一部分，这事还算顺利。回忆录是要写的。

我认为口述记录，最重要的是维持口述者的语风。语风者，说话的味道也。一定要大白话，记录者润饰一点是可以的，但要小心，不能重新处理。如果改写成所谓的文章，那这文章既不是口述者的文章，也不是记录者的文章，变成了一篇呆板、无趣、生硬、毫无感染力的东西。比如老舍的回忆录，书名《我这一辈子》，挺生动的，改成了《梦回京华》什么的，就完了。王立了解我的意思，她说她尽量小心。

你的健康情况比我好，你自己写吧。写写你的过去，不怨天、不尤人地去写，不仅是任劳、任怨，更要任宽，一切都写出来。有些事，用一句“因为时代的关系”带过即可，事实上是这样。

我每天都看咱中国的电视，看得最多的是中央电视台和河南电视台，有些文化、考古类的节目，做得真好，我很受启发。改革开放是对的，这四十年的成绩，不容易。

祝

俪好！

痖弦

2019年6月3日于温哥华

（《作家文摘》2020年总第2310期，摘自《书屋》2020年第2期）

命运的看法比我们更准确

余　华

我曾经被这样的两句话所深深吸引，第一句话来自美国作家艾萨克·辛格的哥哥。这位很早就开始写作，后来又被人们完全遗忘的作家这样教导他的弟弟："看法总是要陈旧过时，而事实永远不会陈旧过时。"第二句话出自一位古老的希腊人之口："命运的看法比我们更准确。"

在这里，他们都否定了"看法"，而且都为此寻找到一个有力的借口：那位辛格家族的成员十分实际地强调了"事实"；古希腊人则更相信不可知的事物，指出的是"命运"。他们有一点是相同的，那就是"事实"和"命运"都要比"看法"宽广得多，就像秋天一样；而"看法"又是什么？在他们眼中很可能只是一片树叶。人们总是喜欢不断地发表自己的看法，这几乎成了狂妄自大的根源，于是人们真以为一叶可以见秋了，而忘记了它其实只是一个形容词。

后来，我又读到了蒙田的书，这位令人赞叹不已的作家告诉我们："按自己的能力来判断事物的正误是愚蠢的。"他说："为什么不想一想，我们自己的看法常常充满矛盾？多少昨天还是信条的东西，今天却成了谎言？”蒙田暗示我们：“看法”在很大程度上是虚荣和好奇在作怪，“好奇心引导我们到处管闲事，虚荣心则禁止我们留下悬而未决的问题”。

四个世纪以后，很多知名人士站出来为蒙田的话做证。1943 年，IBM 公司的董事长托马斯·沃森胸有成竹地告诉人们：“我想，五台计算机足以满足整个世界市场。”另一位无声电影时代造就的富翁哈里·M．华纳，在 1927 年坚信：“哪一个家伙愿意听到演员发出声音？”而蒙田的同胞福煦元帅，这位法国高级军事学院院长，第一次世界大战协约国军队总司令，对当时刚刚出现的飞机十分喜爱，他说：“飞机是一种有趣的玩具，但毫无军事价值。”

我知道能让蒙田深感愉快的证词远远不止这些。这些证人的错误并不是信口开河，并不是不负责任地说一些自己不太了解的事物。他们所说的恰恰是他们最熟悉的，无论是托马斯·沃森，还是哈里·M．华纳，或者是福煦元帅，都毫无疑问地拥有着上述看法的权威。问题就出在这里，权威往往是自负的开始，就像得意使人忘形一样，他们开始对未来发表看法了。而对他们来说，未来仅仅是时间向前延伸而已，除此之外，他们对未来就一无所知了。就像 1899 年那位美国专利局的委员下令拆除他的办公室一样，理由是“天底下发明得出来的东西都已经发明完了”。

有趣的是，他们所不知道的未来却牢牢地记住了他们，使他们在各种不同语言的报刊的夹缝里，以笑料的方式获得永生。

很多人喜欢说这样一句话：不知道的事就不要说。这似乎是谨慎和谦虚的品质，而且还时常被认为是一些成功的标志。在发表看法时小心翼翼固然很好，问题是人们如何判断知道与不知道？事实上很少有人会对自己所不知道的事大加议论，人们习惯于在自己知道的事物上发表不知道的看法，并且乐此不疲。这是不是知识带来的自信？

我有一位朋友，年轻时在大学学习西方哲学，现在是一位成功的商人。他有一个十分有趣的看法，有一天他将之告诉了我，他说："我的大脑就像是一口池塘，别人的书就像是一颗石子；石子扔进池塘激起的是水波，而不会激起石子。"最后他这样说："因此别人的知识在我脑子里装得再多也是别人的，不会是我的。"

他的原话是用来抵挡当时老师的批评，在大学时他是一个不喜欢读书的学生，现在重温他的看法时，除了有趣之外，也会使不少人信服，但是不能去经受太多的反驳。

这位朋友的话倒是指出了这样一个事实：那些轻易发表看法的人，很可能经常将别人的知识误解成是自己的，将过去的知识误解成是未来的。然后，这个世界上就出现了层出不穷的笑话。

有一些聪明的看法，当它们被发表时，常常是绕过了看法。就像那位希腊人，他让命运的看法来代替生活的看法；还有艾萨克·辛格的哥哥，尽管这位失败的作家没有能够证明"只有事实不会陈旧过时"，但是他的弟弟，那位对哥哥很可能是随口说出的话坚信不疑的艾萨克·辛格，却向我们提供了成功的范例。辛格的作品确实如此。

对他们而言，真正的"看法"又是什么呢？当别人选择道路的时候，他们选择的似乎是路口，那些交叉的或者是十字的路口。他们在否定"看法"的时候，其实也选择了"看法"。这一点谁都知道，因为要做到真正没有看法是不可能的。既然一个双目失明的人同样可以行走，一个具备了理解力的人如何能够放弃判断？

是不是说，真正的“看法”是无法确定的，或者说“看法”应该是内心深处迟疑不决的活动？如果真是这样，那么看法就是沉默。

与别人不同的是，蒙田他们不约而同地选择了怀疑主义的立场，他们似乎相信“任何一个命题的对面，都存在着另外一个命题”。

另外一些人也相信这个立场。1996 年，有一位琼斯小姐荣获了美国俄亥俄州一个私人基金会设立的“贞洁奖”，获奖理由十分简单，就是这位琼斯小姐的年龄和她处女膜的年龄一样，都是三十八岁。琼斯小姐走上领奖台时这样说：“我领取的绝不是什么‘处女奖’，我天生厌恶男人，敌视男人，所以我今年三十八岁了，还没有被破坏处女膜。应该说，这五万美元是我获得的‘敌视男人奖’。”

这个由那些精力过剩的男人设立的奖，本来应该奖给这个性乱时代的贞洁处女，结果却落到了他们最大的敌人手中——琼斯小姐要消灭性的存在。这是致命的打击，因为对那些好事的男人来说，没有性肯定比性乱更糟糕。有意思的是，他们竟然天衣无缝地结合到了一起。

由此可见，我们生活中的看法已经是无奇不有。既然两个完全对立的看法都可以荣辱与共，其他的看法自然也应该得到它们的身份证。

米兰 · 昆德拉在他的《笑忘录》里，让一位哲学教授说出了这样一句话：“自詹姆斯 · 乔伊斯以来，我们已经知道我们生活的最伟大的冒险在于冒险的不存在……”这句话很受欢迎，并且成了一部法文小说的卷首题词。这句话所表达的看法和它的句式一样圆滑，它的优点是能够让反对它的人不知所措，同样也让赞成它的人不知所措。如果模仿那位哲学教授的话，就可以这么说：这句话所表达的最重要的看法在于看法的不存在。

几年以后，米兰·昆德拉在《被背叛的遗嘱》里旧话重提，他说："……这不过是一些精巧的混账话。当年，70年代，我在周围到处听到这些，补缀着结构主义和精神分析残渣的大学圈里的扯淡。"

还有这样的一些看法，它们的存在并不是为了指出什么，也不是为了说服什么，仅仅是为了乐趣。有时候就像是游戏。在博尔赫斯的一个短篇故事《特隆、乌尔巴尔、奥比斯·特蒂乌斯》里，叙述者和他的朋友从寻找一句名言的出处开始，最后进入了一个幻想的世界。那句引导他们的名言是这样的："镜子与交媾都是污秽的，因为它们同样使人口数目增加。"

这句出自乌尔巴尔一位祭师之口的名言，显然带有宗教的暗示，在它的后面似乎还矗立着禁忌的柱子。然而当这句话时过境迁之后，作为语句的独立性也浮现了出来。现在，当我们放弃它所有的背景，单纯地看待它时，就会发现自己已经被这句话里奇妙的乐趣所深深吸引，从而忘记了它的看法是否合理。

所以对很多看法，我们都不能以斤斤计较的方式去对待，因为"命运的看法比我们更准确"，而且"看法总是要陈旧过时"。这些年来，我始终信任这样的话，并且视自己为他们中的一员。我知道一个作家需要什么，就像但丁所说："我喜欢怀疑不亚于肯定。"

我已经有十五年的写作历史，我知道这并不长久，我要说的是写作会改变一个人，尤其是擅长虚构的人。作家长时期地写作，会使自己变得越来越软弱、胆小和犹豫不决；那些被认为应该克服的缺点在我这里常常是应有尽有，而人们颂扬的刚毅、果断和英勇无畏则只能在我虚构的笔下出现。思维的训练将我一步一步地推到了深深的怀疑之中，从而使我逐渐地失去理性的能力，使我的思想变得害羞和不敢说话；而另一方面的能力却是茁壮成长，我能够准确地知道一粒纽扣掉到地上时的声响和它滚动的姿态，而且对我来说，它比死去一位总统重要得多。

最后，我要说的是作为一个作家的看法。为此，我想继续谈一谈博尔赫斯，在他那篇迷人的故事《永生》里，有一个“流利自如地说几种语言；说法语时很快转换成英语，又转成叫人捉摸不透的萨洛尼卡的西班牙语和澳门的葡萄牙语”的人，这个干瘦憔悴的人在这个世上已经生活了很多个世纪。在很多个世纪之前，他在沙漠里历经艰辛，找到了一条使人超越死亡的秘密河流和岸边的永生者的城市（其实是穴居人的废墟）。

博尔赫斯在小说里这样写：“我一连好几天没有找到水，毒辣的太阳，干渴和对干渴的恐惧使日子长得难以忍受。”这个句子为什么令人赞叹？就是因为在“干渴”的后面，博尔赫斯告诉我们还有更可怕的“对干渴的恐惧”。

我相信这就是一个作家的看法。

（《作家文摘》2018年总第2194期，摘自《浙江作家》2018年第7期）

我的阅读从仰望星空开始

毕飞宇

有个词曾经很时髦，叫“仰望星空”。这个词高端极了，它来自康德。

在我的童年和少年，家里很穷。穷人家的夏夜如何纳凉呢？在露天的大地上铺几张草席，一家人就像咸鱼那样躺开了。

因为躺着，目光也无处投放，只好对着夜空发呆。对了，我想起来了，我的童年与少年无限地高冷，每一个夜晚都在“仰望星空”。

星空真的是太浩瀚了。因为无以复加的单调，因为无限壮阔的虚无，它震撼人心。穹形的漆黑笼罩着我们，数不尽的窟窿在我们的头顶闪烁。我就想啊，夜空如果是一块烧饼该有多好啊，星星像芝麻，会很香。但我必须承认，我把能吃的都想遍了，唯独不知道什么叫“仰望星空”。

父亲也在“仰望星空”。终于有那么一天，他懒洋洋地对我说：“飞宇啊，我给你讲故事听吧，我说一句，你跟着说一句：郑人有且置履者，先自度其足，而置之其坐。至之市，而忘操之。已得履，乃曰：‘吾忘持度！’反归取之。及反，市罢，遂不得履。人曰：‘何不试之以足？’曰：‘宁信度，无自信也。’”

后来，我当然知道了，父亲的“故事”来自《韩非子》的《郑人买履》。我“阅读”的第一步居然是从“买鞋子”这里迈出去的，也是天意。唉，那个郑人居然“相信尺子”而“不相信自己”，太愚蠢了。

比较起来，我就聪明多了，我告诉我的父亲，“自己”以外的东西都不可信。父亲很高兴。

然而，不幸的事情发生了。我们村有一个小伙子要去上海。我的母亲拉着我，一起找到了那个小伙子，请他替她“带”一双鞋。

不幸的事情就这样来到了要紧的关头。在我看来，母亲的做法太危险了，属于“唯心主义”。你自己不去上海，还想买鞋，你不是愚蠢的“郑人”还能是什么？

我估计，母亲一定会找来一根稻草，量好脚的长度，然后，掐了，再让小伙子把它带到上海去。但母亲没有掐稻草。她错上加错，只是对小伙子说了一个数字，小伙子就说了：“陈老师，你放心。”

十多天之后，小伙子胜利归来。就在我们家门口，母亲把鞋穿上。她十分满意地告诉小伙子：“一脚上。”我所担心的一切都没有发生。

荒唐啊，就在我的眼前，“自己”以外的东西硬是“可信”了。这是为什么？谁能告诉我？我仰起了脑袋，满天的星斗都死光了。说了这么多，我其实想说的是另外一件事。

我是 NBA 的球迷。除了乔丹、科比那样的天之骄子，我还喜欢一个运动员，那就是莫宁。莫宁经历过大不幸，他的一只肾脏坏死了，医生说，必须切除。

莫宁接受了这个残酷的事实，在后来的岁月里，他 gone with the wind。可突然有一天，NBA 官方消息说，莫宁复出了。老实说，我被这一条消息吓了一大跳。莫宁说，他复出的理由是医生的数据。医生告诉莫宁，莫宁的一切生理指标，也就是“数据”，也就是那个该死的“度”，完全恢复到健康人的水平了。

在莫宁复出这件事面前，我想，有件事是可以讨论的，那就是文化差异。在我们这一头，支撑一个“被切患者”的依据其实就是中医文化，其精髓是所谓的“静养”。

不得不说，这里的“静养”并不具体，它含混、笼统、抽象、游移。何为“静”？怎样的尺度意味着“静”？不好说了。唯一可作为凭据的只能是当事人的“感觉”。

“宁信度，无自信也。”因为这句话，可怜的“郑人”成了千古笑柄。为了避免愚蠢，我们的明白人和我们的聪明人一起达成了这样的文化共识和历史共识：“宁信度”很搞笑；“无自信”更可耻。

所以，相信自己吧，赶紧的。至于“度”，也就是“数据”，那就是个儿戏，假的不可信，真的不必信。

（《作家文摘》2018 年总第 2148 期，摘自《读天下》2018 年第 11 期）

一半是海水，一半是火焰

徐则臣

朋友聚会，席间说起金庸小说里的人物。年轻女士说，我喜欢杨过，那一只痴情的空袖子，酷毙了。中年女士说，我看好那郭靖，结了婚才发现这种人最可靠。我也喜欢金庸，碰巧也喜欢杨过和郭大侠，只可惜我是男人，不能设想自己跟哪一个过一辈子更合适。又想在这个话题深入拓展开去，便广泛征集众女士意见。结果显示：年龄大一点的喜欢郭靖者居多；小一点的无比热爱杨过和乔峰；只有个别喜欢插科打诨的更小女生说，其实跟段誉和韦小宝谈谈恋爱也不错；没有一个女同胞说我喜欢段正淳和慕容复。

这只是个即兴问答，从中提炼出科学的论断或为不妥，不过细细推究好像还挺有点意思。其一，在爱情观上，我们往往能从金庸的小说里获取例证，他老人家庞杂的武侠巨著里充满了情爱秘籍。其二，喜欢杨过和乔峰的女士，而立和不惑之间者甚众。这一拨人，就是我们通常所谓的“70 后”。限于经验，别的年龄段暂且按下不表，单说和我同处一个年龄段的这群杨过和乔峰爱好者。

在所有的“某某观”里，我相信这些“观”都是被建构出来的，而且很难一成不变。改变是必然的，席间迥然不同的爱情观已经说明问题，某女士在十年前的确是经常看见杨过骑着白马穿过她的梦境，但是十年后，她觉得靠着郭靖憨厚瓷实的肩膀心里更踏实。我也基本可以断定，那些打算跟韦小宝和段誉玩玩恋爱的小丫头，谈婚论嫁的时候如果没有怪异的爱好，会一脚把爵爷和大理国的小皇帝踢出备选老公的大名单的。他们在正大的婚姻面前，还是偏僻了点，也嫩了点。

那么，建构是如何形成的？首先是阅读，文学作品和影视剧。《红楼梦》《少年维特之烦恼》《霍乱时期的爱情》《围城》《家》，舒婷的《致橡树》和《神女峰》，还有金庸和琼瑶的小说，等等，这些作品里的爱情大概奠定了我们这一代人爱情观的底色，不管认同与否，在我们接触爱情这种陌生事物之前，它们告诉你，是这么一回事。喜欢哪个就盯着哪个看。不过，真正决定你的爱情观的是：生活告诉你。绝知此事要躬行。不仅是你的性格、年龄，还有一个社会潮流和大环境。你身在其中，被自己和人流裹挟着往前走，你慢慢地知道该憧憬个啥需要个啥。比如我，纸上的爱情见过了成千上万，但百分之九十以上依然抽象，形同虚设，在更年轻的时候也许内心里狂野过，在想象中下了无数次决心要飞蛾扑火一样去争取一两秒钟的惊天动地的爱情，等一脑门子的血压降下来，就对自己嘿嘿一笑，我要的好像不是爱情，而是一个惊天动地的造型。

我们常常会被爱情的造型迷惑——它不是一个“观”。“观”是个长久的需要和相对稳定的价值判断。也许在这个意义上理解70后的杨过和乔峰式的爱情更及物一点。

不能排除这一代人过几年会改弦更张，像热爱郭靖的人一样，认为那只空袖子和乔峰飘零的观念爱情不过是个空泛的情调和姿态。

但是，在这个年龄段上，空袖子的浪漫是要的，如果四十岁之前就强迫自己把所有理想一一落地，那也是挺可怕的。爱情观本身就要高蹈一点，务虚一点，若是年纪轻轻就务实成婚姻观，后半辈子可怎么过。你也许已经看出来了，我对杨过和乔峰很有好感，或者说，我比较认同这一类型的爱情想象。

你想，他们忠贞不渝，一个甩了十六年的空袖子等待老婆，几乎站成了望妻石；一个再无所爱准备孤独以终老，思之让人落泪——这世上还有几个痴情至冥顽不化的人？然后，他们亦正亦邪，正时正得心怀天下敢为黎民担当，处江湖之远却得以万人仰敬；邪又邪得气象宏伟，沧桑而不乖戾，作秀都做得自然妥帖舒服到你心坎里。有个性，说明他们有激情，活生生的可感触，可追逐，他们是百分之七十的人加上百分之三十的神的合成品。既满足了而立之年脚踏实地的实干期待，又充分鼓舞了不惑之前人生中那一部分神采飞扬的浪漫跳跃；以务实为主，济之必要的务虚，虚实相生，宽阔、果决、柔韧、丰厚、沧桑又有弹性，人生无憾矣。

所以，爱情观这东西还真不能一概而论，本身也没有高下之分，五十步笑不了百步，走了百步也别回头羡慕五十。你需要什么，你可能需要什么，你能够认同和接受什么，在你说出它之前，天时地利人和已经给了答案。

对70后，人生也罢，爱情也罢，一半是海水，一半是火焰，才美不胜收。

（《作家文摘》2019年总第2232期，摘自《跑多远才能回到家》，徐则臣著，四川文艺出版社2018年3月出版）

爱情小说

王安忆

年轻时，我最喜欢的是屠格涅夫，那时，我其实不能完全看明白他的小说。小说里俄国的政治背景，知识分子的苦闷，思想没有出路，那些更深刻的内容我不怎么了解，留在记忆里的印象是模糊的。读书就是这样，把喜欢的东西留下来，不喜欢的看不懂的就放到一边，等待将来的日子去认识，好像反刍似的。于是，我就只看到爱情的部分。屠格涅夫的小说里总是有爱情，而且是不幸的爱情，年轻人多不喜欢一帆风顺的爱情，而是受爱情的悲剧吸引，年轻人总是伤感主义的。

屠格涅夫的爱情故事都很伤心。在《初恋》里，一个年轻的男孩子爱上一个成年女性，爱得非常非常深。这份爱里，不仅有情欲，还有成长的渴望，希冀进入成年人的社会，和这个社会平等地对话。这个女人很美，很温柔，而且似乎也知道他的钟情，有一些微妙的回应。结果却是，她爱着他的父亲，一个成熟的经历过生活、有家室妻儿的男人。这不仅是单纯的失恋，而是一个失败的博弈，年龄、阅历、成熟度，和这一切有关的魅力的博弈。但是，还有一个更久远的博弈，这个博弈还未完，还未决出胜负，那就是未来的时间。他总有一天抵达父亲的年龄，父亲却永远回不到他的青春时代。所以，博弈的双方，父与子，都是痛楚的。屠格涅夫小说里有一个父与子的核心关系，他有一部长篇名字就叫《父与子》，可我注意不到，只看见爱情，因为自己也正处在蜕变的年龄，爱情对成长具有启蒙的意义。

读屠格涅夫的小说真的不是白读的。慢慢地，我们就建立起一种道德美学，那些深情的爱，人们并没有放弃利他心。虽然爱了，感情是自私的，但是知识分子的人性理想约束着他们，使他们保持对爱的更高尚理解，悲剧就是在这里发生。屠格涅夫所写的故事和我阅读时经历的生活完全不同，他笔下的人和事，于我的处境称得上奢侈，但为什么我能够从中得到慰藉和启发？可能是有一个秘密通道，可能是青春，可能是对爱情的向往，也可能是成长的需要。这大约可说是阅读生活的真谛，你和某一本书会有一个秘密通道，就是这个秘密通道，令你在书中遇到知己，能和这本书邂逅，就是幸运。

法国作家罗曼·罗兰共十卷的《约翰·克利斯朵夫》也是部很好看的长篇小说。傅雷先生译的中文版，分成四本，“文革”中，我们不知从什么地方得来第一本，里面包括有前三卷。这前三卷，恰是人物从幼年到少年走向青年的成长过程，每一阶段都有一段爱情。对我们这些年轻的女性读者来说，非常令人激动满足。第一段的爱情是小狗小猫式的，女主角叫弥娜，是约翰·克利斯朵夫的钢琴学生。他是一个穷孩子，有着音乐天赋，从小就承担起养家的重任。除了在宫廷乐队演奏，还要教钢琴帮补家用。弥娜的母亲，一个孀居的贵族夫人，很慷慨地聘用他做女儿弥娜的钢琴教师。

弥娜是个任性的女孩，出身优越，起初她看不起克利斯朵夫，对他态度相当傲慢。而克利斯朵夫是公认的神童，也不买她的账，师生关系就很紧张。可是有一天，发生一件事情，把形势整个地扭转了。这一天，小老师指责学生弹了一个错音，弥娜不承认，用手指着乐谱说就是这样的，克利斯朵夫凑近看乐谱，看见的却是少女花瓣儿般的小手，完全是无意识地，他在那手上吻了一下。这一个冒失的举动，把两个人都吓到了。争吵平息，琴课继续，但心情就此搅动起来。

弥娜生活很简单，又没到进入社交圈的年龄，成天无事可做，难免胡思乱想。克利斯朵夫的这一吻，给了她新发现，原来她已经被这个男孩深深地爱上了。爱情遮住她的眼睛，再看克利斯朵夫，他的每一事每一物都变得可爱，钢琴弹得好，才华横溢，他的粗鲁只不过是男子气概的表现，他的破衣烂衫则是艺术家的风格，连他长相都变得英俊起来。克利斯朵夫呢，也以为自己其实早已经爱着弥娜，彼此的敌意不过是爱人之间常有的小别扭。于是，双双陷入情网。这一段爱情很快就被弥娜的母亲看在眼里。她也明白他所属的阶层和她们不同，所以，她带着弥娜离开了。

之后，克利斯朵夫遇到萨皮纳，展开了第二段爱情。年轻人对爱情的想象是概念化的，所以萨皮纳的故事让我有一点不满意。第一，她比他年长，是结过一次婚带个孩子的小寡妇；第二，她出身不怎样，是个老板娘，开一间针头线脑的小店，显然缺乏女主角的浪漫色彩。还好，他们爱情的发生比较有戏剧性。他跟着萨皮纳去乡村参加亲戚的婚宴，郊游和歌舞制造了一个民间的欢场，暗中萌生的情愫迅速滋长起来。因为大雨留宿小旅馆，他们隔着薄薄的墙，一举手把门推开就能打破通道。两个人都知道墙那边站着对方，可是都没有足够的勇气，最终蹉跎了时机。这个结局满足我们对爱情的悲剧想象，而当过后再读小说，方才理解，要使一个小孩变成一个大人，需要经过许多磨炼，和弥娜只是练手，仿佛过家家式地模仿成人关系；到了萨皮纳却是情欲露出水面，这不仅意味外部的生活在进展，更是内部——身心发育成熟。

第三段爱情更加使我不高兴了。阿达是个粗鄙的女性，在一间帽子店里做店员，这个就更世俗了。她和克利斯朵夫并没有经过任何精神上的交流。阿达虽然也是邂逅于郊游，同样进了乡村小旅馆，但却是刻意安排，目的明确，迅速地上了床。这对于我们的道德美学、禁欲教育，最重要的是，罗曼蒂克的爱情憧憬，都太庸俗、太暴露。最令人失望的是，克利斯朵夫对此非常满足。那时候，我们只有第一本，之后的三本不知道在哪里可以拿到。多年以后，阅读全书，原来还有安多纳德和葛拉齐亚在等着我们。这时候，我们的阅历和阅读已经积累到可以更尽情地享受其中悲怆的诗意了。就仿佛，和书中人物克利斯朵夫共同成长起来。现在再读这本书，我最喜欢的段落恰恰是我之前不耐烦、急切想跳过的段落。例如，克利斯朵夫进入反叛的阶段，无论生活爱情，还是音乐，都看不见前途，看不见意义，他憎恨他的环境甚而至于他的民族和国家。他到犹太人家庭中寻找异质文化，又投到法国女歌手怀抱，希望汲取新鲜的生机，他到民间爱乐者的群体里，试图回溯音乐的原始性，却总是以失望告终。最绝望的时候，因为一个意外，卷入治安事件，只得离开家乡，流亡法国，在仓促登上的火车上，他朝着巴黎的方向，喊道："救救我吧，救救我的思想！"到了巴黎以后，他发现音乐就像一个大工场，遍地都是制造和弦的店铺，无处不在。

可是他还是找不到真正的音乐，他的思想还是得不到拯救。他到文学里去寻找，到社交圈里、爱情里去寻找，依然不得要领。最后，他生病了，滞留在廉租的公寓顶楼里，身边是庸常的小市民，琐细的日常生活，却感觉到有一种艺术精神在悄悄接近。后来，他邂逅安多纳德的弟弟奥里维，他们七天七夜足不出户，谈论法国、德国、民族、人类、革命……这些章节在年轻时候被视作累赘，草草掠过，现在却觉得精彩极了！非常感谢傅雷先生，他翻译得那么好，真是一场文字的盛宴。据法国文学的专家说："傅雷先生可说重写了这本书。在法国文学中，罗曼·罗兰和《约翰·克利斯朵夫》的影响远不如在中国，这应该归功于傅雷先生的再创作。"有时候，一本书，在你不同的阶段给予不同的营养，成为人生经验之一种。

《简·爱》也是那时我喜欢读的一本书。我读《简·爱》是在"文革"的黯淡日子里，那故事远离现实，遥不可及，它发生在另一个世界里，幸和不幸都是有趣而且有意义的。当我读过许多书以后，再看《简·爱》，难免觉得简单了。爱和自尊，经过跌宕起伏的波折，最终保持圆满的结局，过于甜美，近似类型小说。但是，正因为此，它滋养了我枯乏的生活，缓解了我的苦闷。

阅读令我的生活变成两个世界——实际度过的生活和想象的生活，两者的关系我很难解释。它们好像是并行的，甚至互相抵触，但它们似乎又是有交集与和谐的，我站在书本里看实际的生活；同时，又在实际的生活里，观看书本里的。它们之间相隔着距离，这距离开拓了我的视野。

（《作家文摘》2018年总第2133期，摘自《读天下》2018年第4期）

私　奔

毕飞宇

在《傲慢与偏见》里头，就小说的线索而言，有一条主线：达西和伊丽莎白的自由恋爱。在这条主线之外，有一个小小的枝杈，那就是伊丽莎白的妹妹莉迪亚和威克姆的私奔。我提醒大家注意一下，莉迪亚和威克姆是结了婚之后回到内瑟菲尔德庄园的。既然他们都结了婚了，奥斯汀为什么还要写他们私奔呢？

简单粗暴地说，《傲慢与偏见》就是这样一个故事——貌似傲慢的达西并不傲慢，伊丽莎白也消除了自己的偏见，“公主与王子最终幸福地生活在了一起”。如何能体现达西“真的”不傲慢呢？莉迪亚出场了。因为天性里的放荡，她和同样放荡的青年军官威克姆私奔了。达西在这个要紧的关头站了出来，作为一个体面的、高贵的富家子弟，达西丝毫没有顾及自己的身份，他东奔西走，花时间、卖力气、还出钱，最终让威克姆和莉迪亚结婚了，他挽救了伊丽莎白一家的声誉。通过莉迪亚的私奔，达西确立了他真实的性格：热情、乐于助人、体面、慷慨，还有谦卑。奥斯汀描写莉迪亚私奔的原因就在这里。通过这一个枝杈，《傲慢与偏见》的作者告诉她的读者：

私奔是可耻的。

那我们就沿着私奔这个话题继续下去吧。四十四年之后，也就是 1857 年，一部堪称小说教材的伟大作品出版了，它叫《包法利夫人》。这本书写了一个叫艾玛的女人，因为受到浪漫主义小说的影响，她在婚后一直想做一件事，也就是私奔。艾玛很不幸，她的私奔没能成功，最终，她服毒自尽了。虽然小说取材于一个“不道德的女人”，可是，透过《包法利夫人》，我们看不出福楼拜的立场，他极度地克制，耐着性子呈现。福楼拜最终留给我们的，是唏嘘，是喟叹，是一言难尽，还有荡气回肠。

1877 年，也就是《包法利夫人》出版后的第二十年，《安娜 · 卡列尼娜》横空出世。我想说，《安娜 · 卡列尼娜》这本书的内容要比私奔宽阔得多，但是，我们不能否认，它很重要的一个内容和私奔有关，那就是安娜和沃伦斯基的婚外情。事实上，安娜的结局比艾玛惨烈得多，最终，不是砒霜，而是一列火车碾轧了安娜激情澎湃的身体。

一口气说了三个私奔，一个重要的问题浮现出来了。这个重要的问题可以体现为孩子一般幼稚：莉迪亚、艾玛、安娜，她们是“坏人”吗？

我们首先来看莉迪亚。在小说的内部，莉迪亚未婚，她私奔的男友威克姆也未婚，他们的私奔最多只是“没办手续”，问题并不严重。但是，在《傲慢与偏见》里头，奥斯汀清晰地告诉我们：莉迪亚是一个标准的“坏女人”，她和威克姆的存在只有一个作用，证明达西是一个“好人”。

艾玛的问题则比较严重。她已婚，还是一个母亲，她的情人可不是一个。艾玛是那种和“多名异性保持不正当关系”的女人。可是我们应当注意到，福楼拜并没有确立作者的道德高地，他没有审判艾玛，更没有宣判。我们固然不会认为艾玛一心想私奔而觉得她光荣，可我们也没有觉得艾玛想私奔就一定可耻。

安娜的问题同样严重。已婚，已育，丈夫疼爱，家境优渥。即便如此，她依然红杏出墙。如果我们是一个仔细的读者，我们会吃惊地发现，托尔斯泰不仅没有审判，相反，尽管安娜的丈夫卡列宁是受害方，同时也没有做错过什么，然而，我们这些做读者的还是不自觉地“站队”了，我们站在了安娜的这一边，我们觉得卡列宁虚伪，我们觉得他配不上我们的安娜。我们衷心地希望安娜幸福，最起码，希望安娜能够活下去。安娜死了，我们像失去了一位朋友。

如果道德审判是公平的，那么，刚才那个孩子一般幼稚的问题就很容易得出结论了：莉迪亚是“坏人”，艾玛和安娜是“更坏”的坏人。可是，道德审判极不公平。文学的“人设”，或者说，文学的阅读清清楚楚地告诉我们：莉迪亚是“坏人”，艾玛只能是一个“灰色的人”，而安娜则绝对“不是”一个坏人。

同样是私奔，评判标准的差距怎么就这么大呢？

我只能说，从1813年到1877年，短短的六十四年，小说的人物没变，作家其实也没变，他们始终站在人类文明的前沿，他们一直在关注人类的情感。

而真正变化的是我们这些读者。严格地说，真正变化的，是读者所代表的人类的道德标准，或者说，文明的形态。人类的文明史告诉我们，道德，作为人类生活的公约数，它从来就不是恒数，它是一个动态，它越来越有利于我们人类自己。

六十四年的小说史告诉我们——小说在参与人类的文明史。小说在提醒我们，所谓的文明史，是一部从自我束缚走向自我解放的历史，是一部向人类的情感，尤其是人类的情爱致敬的历史。一句话：人类的文明史就是向着人类的内部驱动退让的历史。

（《作家文摘》2019 年总第 2223 期，摘自《收获》2019 年第 2 期）

没有颜色的青春

许知远

阿城在《遍地风流》的序言里说，中国没有青春文学，青春总是或多或少与政治掺在了一起。唯一值得一提的是王朔的《动物凶猛》，光名字就够吓人的。阿城主张的青春是嚣张的、更接近于生理本能的，这一点在《阳光灿烂的日子》里，有了漂亮的表达。尽管阿城在抱怨着，但是他还是写出了《彼时正年轻》。插队的那段日子里，在荒野山村中涌出的青春骚动时至今日愈加动人。当那些躯体与意识逐渐成熟的时候，欲望在成长过程中充满迷惘。这时候，你还缺乏基本的判断，对于这个周围环境介乎于理解与不理解之间。本能告诉你，总该反抗些什么，可是面对真实又不知如何是好……这种奇妙的情感该是多么痛苦和美妙啊！尽管知青的生活里充斥了太多的惨无人道的悲剧和丑恶。（陈冲在《天浴》里已经讲述了这样的故事。）但是，我对于这种特殊的境遇给青春带来的不寻常颜色仍然抱有极大的兴趣。

有时候，在疲软的夕阳下，我会猜测起这两个人年轻时的样子，在云南的雨林中，他们该是怎样的意气风发或无精打采……我渐渐了解，对于那种苦难的向往，是对我们目前生活的一种无情的唾弃。由于这种唾弃，我会对于三十年前的大洋彼岸的狂乱抱有无限的心驰神往。革命的热情，无所畏惧的自由的性，世界大同的理想，还有鲍勃·迪伦嘶哑的嗓音。于是，我在《阿甘正传》中看到“Berkeley”的字样，听到“如果你去旧金山，别忘记在头上……”时会激动得心脏超速。于是，当我阅读《在路上》时，我的灵魂已经被带到了另一个世界，那里有无限延伸的公路，荒凉的沙漠，疲惫却年轻的面孔，还有肆无忌惮的自由，可以无限挥霍的青春……尽管，那一代的反叛明星们已经成了这个时代的主宰，尽管伴随着热情的衰退，道德保守主义重又回到轨道，尽管社会不可能总处于那种激烈的状态，但是你必须承认，青春必须带上某种疯狂的痕迹，它让你恬不知耻地挑战历史。

于是很必然，我为自己的出生日期而遗憾，这种遗憾仿若李敖对于自己“早出生了五十年”的抱怨。1976年，这个特殊的年份已经意味着我的青春不可避免地滑向平庸。我通过零星的文字记载来理解那个时代的传奇，我热切地与经历过那个年代的人攀谈，希望能够抓住那些痕迹。可是显然，我感觉到自己与那个时代的鸿沟，没有心灵与肉体的真实体验，有些东西是无法感知的。

接下来的同样热闹却带上过多庸俗气质的90年代，却让我的青春缺乏足够的浪漫色彩。并且，我惊异地发现，在同时到来的网络文化面前，我表现出了某种排斥。美国作家汤姆·彼得森说：“网络社会是一个没有尽头的青春期。”我总怀疑这种论断产生于电脑的初创阶段，那时候对于比尔·盖茨与史蒂夫·乔布斯来讲，这还是个好玩的玩具，而不是用来挣取一千亿美元家产的手段。网络是否真能带来某种青春特有的幻想，我不置可否。反正，那个叫“痞子蔡”的人的小说，并没给我带来足够的冲击，甚至“轻舞飞扬”的名字，也有点太过庸俗。更重要的是，可能我的年龄已经丧失了进入网络空间的优势了。

介于理想主义与网络一代之间的年龄，让我们有点尴尬，我们想做梦却丧失了空间与时间，但又不能完全抛弃梦想。这种情绪让我的青春分外乏味。我进入大学的时候才开始阅读《麦田里的守望者》，四十年前的霍尔顿依旧年轻，说脏话，戴鸭舌帽，幻想女人却又要命地害羞……这些紧张不安又略加反叛的气质让我激动，却无处释放。同时，我周围的同学根本不知道《麦田里的守望者》是什么，他们也不想知道。我在宿舍里要命地倾听 Nirvana 的《Smells Like Teen Spirit》，尽管我并不了解那个自杀了的异国青年，也不会如此狂躁，但是，我本能地意识到青春应该带有一点这种肆无忌惮的色彩。但是这实在太困难了，我无法找到给我的青春带来鲜明色彩的回忆。就像比我早生十年的家伙们一样，他们可以清晰地记得第一次翻阅《曼娜回忆录》时的心惊肉跳，或者是罗大佑或者崔健的歌声，再要么就是弗洛伊德给他们的震撼，他们或许还可以记忆起关于人生的讨论，再差劲也会对金庸与琼瑶印象深刻……总有一本书，一首诗，一个文化符号可以勾起潜藏的回忆。

我无法回忆起什么，不管是美国的 60 年代还是中国的 80 年代，我幻想活在另一代人的记忆里，因为那是我理想的青春。我的床头放着莫里斯 · 迪克斯坦的《伊甸园之门》，我在乱哄哄的回忆里找寻生命的本色。那也是个崇拜“青春”的年代，正如曼彻斯特在《光荣与梦想》中所写的一样：年轻就是一切。

多年之后，迪克斯坦接着写道，个人主义是那个时代的标志，今天这种欲求并没有改变，只不过现在的年轻人把那种缥缈的理想转化成了对于现实物质的极度追求，从要求世界大同的理想演变成要求更高的工资，更好的住房了。这是可口可乐、电脑的一代与造反的、摇滚的一代的区别吗？我只知道，我不可救药地欣赏着历史。我无法知晓，若干年之后是否会有人记载我们这代人的故事，那会有趣吗？我的青春正在褪色，尽管它从来就没有沾染上一种鲜明的颜色。或许人的心灵永远只能活在一种假想状态里，我所期盼的那些年代不可能比我的幻想更美好。因为没有不令人失望的现实，所以躺在漫长的午后的床上，一本本地阅读《麦田里的守望者》《挪威的森林》《动物凶猛》，同时放着甲壳虫或者崔健，这或许也是一种青春的方式，只是一觉醒来，混浊的头脑与现实的无趣又让我无所适从……于是，我终于知道，我至少拥有了青春中的一个关键情感——迷惘。

（《作家文摘》2019 年总第 2223 期，摘自《收获》2019 年第 2 期）

辑三

文化艺术之美

插一枝莲花到钧窑罐，

仿佛养一枝莲花在一个小小的天青色的水塘，

“雨过天青云破处，这般颜色做将来”。

我的秦腔记忆

陈忠实

在我最久远的童年记忆里顶快活的事，当数跟着父亲到原上原下的村庄去看戏。

在瓦沟里残雪尚未融尽的古楼前接受音乐的熏陶，是震天轰响的大铜锣和酥脆的小铜锣截然迥异的响声，是间接许久才响一声的沉闷的鼓声，更有作为乐团指挥角色的扁鼓密不透风干散利爽的敲击声，板胡是秦腔音乐独有的个性化乐器，二胡永远都是作为板胡的柔软性配乐，恰如夫妻。我起初似乎对这些敲击类和弦索类的乐器的音响没有感觉，跟着父亲看戏不过是看热闹。

记不得是哪一年哪一岁，我跟父亲走到白鹿原顶，听到远处树丛笼罩着的那个村子传来大铜锣和小铜锣的声音，还有板胡和梆子以及扁鼓相间相错的声响，竟然一阵心跳，脚步不自觉地加快了，一种渴盼锣鼓梆子扁鼓板胡二胡交织的旋律冲击的欲望潮起了。自然还有唱腔，花脸和黑脸那种能传到二里外的吼唱（无麦克风设备），曾经震得我捂住耳朵，这时也有接受的颇为急切的需要了；白须老生的苍凉和黑须老生的激昂悲壮，在我太浅的阅世情感上铭刻下音符；

小生和花旦洋溢着阳光和花香的唱腔，是我最容易发生共鸣的妙音；还有丑角里的丑汉和丑婆婆，把关中话里最逗人的语言作最恰当的表述，从出台到退场都被满场子的哄笑迎来送走……我后来才意识到，大约就从那一回的那一刻起，秦腔旋律在我并不特殊敏感的乐感神经里，铸成终生难以改易更难替代的戏曲欣赏倾向。

还有一次难泯的记忆。那是“四人帮”倒台不久的事。西安城里那些专业秦腔剧团大约还在观望揣摩文艺政策能放宽到何种程度的时候，关中那些县管的也属专业的秦腔剧团已破门一拥而出了，几乎是一种潮涌之势。他们先在本县演出，又到西安城里城外的工厂演出，几乎全是被禁演多年的古装戏。西安郊区的农民赶到周边县城或工厂去看戏，骑自行车看戏的人到傍晚时拥满了道路。我陪着妻子赶过二十里外的戏场子。我的父亲和村里那几个老戏友又搭帮结伙去看戏了。到处都能听到这样一句痛快的观感：“这才是戏！”更有幽默表述的感慨：“秦腔到底又姓秦了！”这种痛快的感慨发自一个地域性群体的心怀。

到20世纪80年代中期，我的经济状况初得改善，便买了电视机，不料竟收不到任何节目，行家说我居住的原坡根下的位置，正好是电视信号传递的阴影区域。我不甘心把电视机当收音机用，又破费买了放像机，买回来一厚摞秦腔名家演出的录像带，不仅把包括已经谢世的老艺术家的拿手好戏看了个够，村子里的老少乡党也都过足了戏瘾，常常要把电视机搬到院子里，才能满足越拥越多的乡党。我后来又买了录音机和秦腔名角经典唱段的磁带，这不仅更方便，重要的是那些经典唱段百听不厌。大约在我写作《白鹿原》的四年间，写得累了需要歇缓一会儿，我便端着茶杯坐到小院里，打开录音机听一两段，从头到脚、从外到内都是一种无以言说的舒悦……在诸多评说包括批评《白鹿原》的文章里，不止一位评家说到《白鹿原》的语言，似可感受到一缕秦腔弦音。如果这话不是调侃，是真实感受，却是我听秦腔之时完全没有预料得到的潜效能。

我看过、听过不少秦腔名家的演出剧目和唱段，却算不得铁杆戏迷。不说那些追着秦腔名角倾心倾情胜过待爹娘老子的戏迷，即使像父亲入迷的那样程度，我也自觉不及。我比父亲活得好多了，有机会看那些名家的演出，那些蜚声省内外的老名家和跃上秦腔舞台的耀眼新星，我都有机缘欣赏过他们独禀的风采。然而，在我久居的日渐繁荣的城市里，有时在梦境，有时在一个人独处的时候，眼前会幻化出旧时储存的一幅幅图景，在刚刚割罢麦子的麦茬地里，一个光着膀子握着鞭子扶着犁把儿吆牛翻耕土地的关中汉子，尽着嗓门吼着秦腔，那声响融进刚刚翻耕过的湿土，也融进正待翻耕的被太阳晒得亮闪闪的麦茬子，融进田边沿坡坎上荆棘杂草丛中，也融进已搭着原顶的太阳的霞光里。还有一幅幻象，一个坐在车辕上赶着骡马往城里送菜的车把式，旁若无人地唱着戏，嗓门一会儿高了，一会儿低了，甚至拉起很难掌握的“彩腔”，在乡村大道上朝城市一路唱过去……

秦人创造了自己的腔儿。

这腔儿无疑最适合秦人的襟怀展示。

黄土在，秦人在，这腔儿便不会息声。

（《作家文摘》2016 年总第 1922 期，摘自《生命对我足够深情》，陈忠实著，时代文艺出版社 2016 年 2 月出版）

读父亲铁扬的画

铁　凝

我父亲是油画、水粉画家。我从很小就看父亲作画。

上世纪的中国，拥有自己画室的画家是不多的，在从前的许多年里，父亲的画架常常随意支在家中的某个角落。我在油画颜料清苦的气味中看父亲怎样把空白的画布铺满颜色。当父亲擦笔的废纸撒满地板如一地怪异的花时，我就知道他又完成了一张新作。在文化萧条的年代，父亲的油画大都背朝外靠在墙角，而水粉、水彩则被平铺在褥子底下。至今我还记得，当有人前来看画时，母亲是怎样协助父亲掀开厚厚的褥子，再由父亲小心翼翼地抽出他的一沓沓小画和大画。那时父亲的一双大手托着他的作品，脸上满是宁静的疼爱之情。或许正是父亲的这种表情最初启迪了我的心智，当我对绘画一无所知时，就忽然明白了艺术的魅力。

我想，假若一个人找到了他面对世界的表达方式，便不会轻易舍弃，因为这种表达本身即是他生命形式的一部分。父亲无疑将绘画视为他生命的一部分，他的每一画面，又好比他的生命派生出的许多永恒的瞬间。

父亲的画，就因此弥漫着一种可以触摸的激情。即使面对着他的静物，我也会生出快乐的不安。于是我想，什么是静物呢？照字面的解释，静物就是安静的东西。但是山川树木不也安静着吗？它们进入画家的视野，可被称作风景，静物实际也是风景的一种啊！在画家的笔下，一只花瓶的呼吸与一条河流的沉默原本无须界定，它们都是有形的生命。还有人，人在父亲笔下也不是静穆着的自然吗？作为观众的我，才会在雨后的村边读出许多北方的故事，才会在被薄雾打湿的无数花瓣上感应到世界的庄重和俏皮，才会在娇艳欲滴的红土堆上发现令人惊惧的美丽，才会在蓬勃茁壮的人体上领受到自然的恩赐，才会在黑的山、白的树身上悟出喜悦人生的明媚。

记得有一年五月，当父亲在中国美术馆举办他的个人画展时，像过去的每次画展一样，许多新画被堂皇地排列起来，但父亲依旧不忘他的老画。他把它们一张张托出来，老画好像还带着棉花的气味和人的体温，父亲已有了白发。有些老画虽小，可它们并不羞涩，因为父亲几十年的劳作人生和他的梦想，仿佛都被挤压在那些画面之上了，它们永远有资格和父亲的新画一同面对观众。面对从前这些被棉花和人体焐过的画，我很想放声大哭。父亲这一代人，经历了战乱、饥荒和文化浩劫，经历了那么多悲凉和孤寂的时光，是什么使他挽留住了直面人生的一片童贞？在父亲的画里，最少有的便是世故。他固守着自己的灵魂所感知的世界，他又用颜色和笔触为观众创造出充满动感的新奇，使我每每温习生命的韧性和光彩。假如人生犹如一幅幅风景，父亲的风景线上则处处是烂漫的真情。

并不是每一位人过中年的艺术家都能挽留住这一份烂漫的童贞，这童贞的冶炼，是始于艺术家在他的作品被压在褥子底下几十年之后，对日子依然的不倦。

我是父亲的孩子，从此更加渴望理解父亲的风景。当我到了父亲的年龄，在我的风景线上能够挽留住什么呢？

让我将父亲的朋友、中央美术学院教授潘世勋先生在父亲画册的序言中的一段话抄录如下作为本文的结束：

“日前，铁扬又有近百幅油画、水粉画新作奉出，题材更加‘凡俗’单纯，画面却尤为高贵丰润。北方的河，北方的山，北方的馒头和北方的女人，铁扬在其中以非他莫属的特殊能力和才情，创造、传达出了养育他心灵的这一文化环境中的那种特殊的壮丽。他在对题材严谨和苛刻的限制中获得了前所未有的心和笔的自由；他在反复描写上述几种单纯的媒体时，用娴熟的西画技法和中国画技法以一当十的得寸进尺力表现出充满暖意的东方精神。他的描写语言越来越瞬间万变，为所欲为，在他的画面上却看不到来自任何一方形式的快速移植。你无法将他归入任何一个流派，就好像你无法为他那个永远活跃着的灵魂归类。在人类艺术的浩瀚海洋里，这或许正是他的独立价值所在。他笔下那些对象，深邃而又纯真地寄托着他对人类的、对永恒的自然的宽厚和体贴。铁扬无疑是一个有力量影响一个时代的情绪的艺术家之一，他并且以自己诚实的劳动，有效地抚慰着世纪末的喧嚣浮躁和被无限夸张了的疑惑与冷漠。他使我们渴望感恩自然，回到生活。”

（《作家文摘》2016年总第1946期，摘自《回到欢乐》，铁凝著，河南文艺出版社2009年1月出版）

好的画，通常都有气味

蒋 勋

你知道，凡·高在阿尔勒画的画，几乎都有麦田的气味，看着看着，好像把一束麦穗放在齿间咀嚼，麦粒上还带着被夏天的日光暴晒过的气味。

有些画家的画是没有气味的，画海没有海的气味，画花没有花的气味，徒具形式，很难有深刻的印象。

我觉得，元朝的王蒙，他的画里就有牛毛的气味。有一次，在上海美术馆看他的《青卞隐居图》，我闭着眼睛，那些停留在视觉上的毛茸茸、蜷曲躁动的细线，忽然变成一种气味。

好像童年在屠宰场，看到横倒死去的牛，屠夫正用大桶烧水，将水浇在牛的皮毛上。毛就一片片竖立起来，骚动着，好像要从死去的身体上独自挣扎着活过来。

绘画并不只是依靠视觉吧。莫奈晚年，因为患白内障失去了精准的视觉。但是那一时期，他没有中断作画，好像依凭着嗅觉与触觉的记忆在画画。一张一张的画，一朵一朵的莲花，从水里生长起来，含苞的蓓蕾，倒映水中，柳梢触碰水面，漾起一圈圈涟漪。

我在那画里听到水声，触摸到饱满的花苞，我嗅到气味，水塘里清凉的气味。莫奈并不只是在用视觉画画。

视觉只是画家所有感官的窗口吧。开启这扇窗，你就开启了眼、耳、鼻、舌、身，你的视觉、听觉、嗅觉、味觉、触觉，也都一起活跃了起来。

我去普罗旺斯，是为了感觉塞尚画里的气味。那条通往维克多的山路，塞尚为了写生，走了二十年。我走进那一条山路，远远可以听到海风声，海风里有海的气味。和故乡潮湿咸腥的海不同，那里的海，气味比较干燥清爽，比较安静，是地中海的气味。我一路走下去，空气里有松树皮辛香的气味，有一点橄榄树木的青涩气味。

在塞尚画过的废弃的采石场，我嗅到了热烈过后冷冷的荒凉气味，有堆积的矿土和空洞孔穴的气味。塞尚的画里，有岩石粗糙的质感，有海风声与松林里的风声，但是，这一次，我纯粹为了寻找它的气味而来。

许多艺术工作者，是带着对气味的记忆，去写诗、去跳舞、去画画、去作曲、去拍摄电影的。没有气味的作品，其实很难打动人。记得波德莱尔的《恶之花》吗？我读他的诗，总觉得有浓郁的南方豆蔻或榴梿的气味，有热带女人浓密头发里郁闷的气息。

诗，竟也是一种气味吗？那么音乐呢？

德彪西的音乐，总是有非常慵懒的海风和云的气味，有希腊午后阳光的气味，有古老神话的气味。拉威尔就好像多了一点鲜浓的番红花与茴香的气味。如果没有这些气味，艺术便不像“母亲”“童年”或“故乡”了。我们说过，“母亲”“童年”和“故乡”都充满了气味。

像你在南方，闭着眼睛，深深吸了一口气，把整个海洋的气味都吸到身体里了。海在你的肺叶里，海在你的皮肤上，海充盈了你身体每一个细胞的空隙。海占领了你的视觉、听觉，海包围着你，从心里压迫着你，使你心里哽咽着。有一天，你要写诗，你要画画，你要歌唱或跳起舞来，那海，就在你心里澎湃起来，不是你去寻找它，而是它铺天盖地而来，包围着你，渗透着你，令人难以自拔。

你要走向那感官的国度，去经历比生死更大的冒险吗？我说的感官，是打开你的视觉，开启你的听觉，用全部的身体去感觉气味、重量、质地、形状、色彩；是在成为艺术家之前，先为自己准备丰富的人的感觉。那些真实的感觉，真实到没有好坏，没有美丑，没有善恶，它们只是真实地存在。像一只蜜蜂寻找花蜜，它专注于那一点蜜的存在，心无旁骛，没有妄想。古代的希腊是重视运动的，运动员在竞技之前，在身上涂满厚厚的橄榄油，油渍沁到皮肤里，经过阳光照晒，透出金黄的颜色。竞技之后，皮肤上的油渍混合了剧烈运动流出的汗水，混合了尘土泥垢，结在皮肤上。因此，古代希腊人发明了一种青铜制的小刮刀，提供给竞技后的运动员，用来刮去身上的油渍泥垢。

我看过一尊大理石的雕像，一名运动员站立着，一手拿着刮刀，正在细心刮着垢。那尊石像竟然有气味，橄榄油的、汗液的、泥垢的肉体，隔了两千年，仍然散发着青春男体运动后大量排汗的健康活泼的体嗅。

气味竟变成如此挥之不去的记忆！

（《作家文摘》2016 年总第 1908 期，摘自《台港文学选刊》2015 年第 10 期）

一把椅子

祝　勇

壹

我从伍嘉恩《明式家具经眼录》中看到过一把黄花梨波浪纹围子玫瑰椅。这把玫瑰椅最引人注目之处，就是波浪纹式的纤细直棂，装入椅背框与扶手下的空间，仿佛流水的曲线，让人看到自然界的无声运动。建筑师赖特（Frank Lloyd Wright）把别墅造在匹兹堡郊区的瀑布之上，于是有了世界上著名的“流水别墅”(Fallingwater)，但这不算牛，中国人把流水造在家具里，那样不动声色，又天衣无缝，这等想象力、创造力，除了中国人有，天底下再也找不出来，而且这发明权，最晚也可以追溯到明代，因为有这把明代玫瑰椅做证。更重要的是，在当时，它并不是为博物馆打造的陈列品，而是作为一件普通家具，被置放在最日常的生活空间里。明崇祯十三年（公元1640年）版寓五本《西厢记》第十三回“就欢”一折的彩色版画插图中，在崔莺莺与张生的幽会之所，绘着一张四柱床，床帷子采用的也是这样的波浪纹。假如我们把目光放大，我们会发现这样的靠背纹线设计，在许多园林亭台的“美人靠”上亦可见到。

几百年前的一把木椅，让我们在客厅的穿堂风里，感受到江河流淌、山川悠远，甚至可以想到大河之洲，我们文明源头的关关雎鸠。一如我的朋友徐累，在俄罗斯，被彼得堡宫殿里的水波形帘幕所撩动，引发了他对十九世纪末浪漫主义的伤感回顾。我想这不是过度阐释，在那把木椅里，在榫卯构件的起承转合里，一定藏着中国人对宇宙秩序的浪漫构想，然后，用一种最简单、最自然、最漫不经心的方式呈现出来——典型的中国式表达。中国人素来含蓄，从不构造浩大繁密的哲学著作，洋洋洒洒、滴水不漏地论述自己的哲学体系，但中国人是有哲学的，只不过那哲学渗透在万事万物中，看似不经意地表达出来。所以中国没有柏拉图、黑格尔，但中国有孔子，有惠能，他们的思想，像雨像雾又像风，让我们去感受和领悟。就像这把椅子，出自明代一个名不见经传的工匠之手，但那层层推展、收放自如的水波，“以一种程式化的模式反复排列”，循环推进，演示的却是无止境的生命律动，一生二,二生三,三生万物。

在中国，我们几乎找不到一件孤立存在的事物，一切物质之间，都存在着隐秘的勾连，像家具的不同零件，构成一个庞大的系统，因此，在古代中国，在老子、庄子那里，就已经产生了“系统论”。每一件事物，包括这样一件普通的家具，既是这宇宙的一份子，也可以被视作宇宙本身。一花一世界，一鸟一天堂。一件家具，就是一个微缩的宇宙，或者说，是宇宙的模型。中国的木质家具，在五行中属木，却容纳了水（波浪纹设计），暗含着土（所有的木都是从土中生长的），包含着金（木质家具一般采用榫卯结构，不用钉子，但有些家具有金属饰件，镶金错银、华美灿烂)，亦离不开火（漆、胶等全需火来熔炼)，融汇着世界上最基本的元素。世界附着在上面，它就像一只木船，把我们托起来。坐在一把木椅上，就是坐在这世界的中央，(尽管那不是一把龙椅，) 天地与我并立，而万物与我为一。可品茗、可读书、可闲聊、可打盹儿、可调情、可做梦、可发千古之幽思，唯独不能把世界从自己身上甩掉。三十功名尘与土，八千里路云和月，家事国事，风声雨声，都在这里，入耳入梦。尽管，那只是一把椅子。

贰

玫瑰椅——这名字，自带几分香艳感。但我查了许多史料，也没查出这种椅子跟玫瑰有什么关系。王世襄先生在《明式家具研究》里说：“‘玫瑰’两字，可能写法有误。”还说：“《扬州画舫录》讲到‘鬼子椅’，不知即此椅否？”但它体量小、造型窈窕婉约，尤其靠背较矮，不会高出窗台，便于靠窗陈设，有人认为它是女眷的内房家具，比如故宫藏的那把紫檀雕夔龙纹玫瑰椅，原本是摆放在西六宫之翊坤宫的西配殿——道德堂的。其实文人也用，南宋刘松年《十八学士图》里，就可以看见玫瑰椅。王世襄先生说：“在明清画本中可以看到玫瑰椅往往放在桌案的两边，对面陈设；或不用桌案，双双并列；或不规则地斜对着；摆法灵活多变。”

但这把黄花梨波浪纹围子玫瑰椅，意义还不止于此。它用一种空灵的造型，诠释了中国人对“空”的理解。而这种诠释，可能完全是无意识的，因为这样一种理念，已经融入中国人的血液，成为一种本能。在玫瑰椅的家族，也早已成为一种惯常的形式，就像故宫藏的那把紫檀雕夔龙纹玫瑰椅，紫檀木沉穆的黑色，凸显了它端庄静雅的气质，让人联想起后妃们的富丽典雅。（王世襄先生说，玫瑰椅很少用紫檀，而“多以黄花梨制成，其次是鸡翅木和铁力”，更见此件的珍贵。）但我所关注的，却是它的靠背做成了一个空框，像一张屏幕，什么都没有，却什么都有了。空框四周雕刻的夔龙纹，把我们的心思牵向古远的青铜时代，但绵密繁复的图案，似乎就是为了反衬中间的“空”。在这里，“空”成了主角，而其他的构件、纹饰，一律都成了配角。还有一些玫瑰椅，形式更加简练，像《明式家具经眼录》中收录的那对黄花梨仿竹材玫瑰椅，那份空灵，已经直追用来沉思入定、参禅修炼的禅椅。它们以一种近乎极端的形式，表达了中国人关于“盈”与“空”、“有”与“无”的辩证哲学。

前几天刚刚写完一篇关于黄公望的散文，叫《空山》，里面讲到了“空”。“空”就是“无”，但不是真正的“无”，里面什么都有。老子说：“天下万物生于有，有生于无。”一切有形的事物，都在无形中孕育、发酵。这是中国人创造的一个独特的概念，是中华文明的神秘之处，依本人所见，那也是中国人艺术观念领先于西方之处。所以中国画讲究留白，不像西画，画得满满当当。西画画得再满，也是有边框的，边框意味着有限性；中国画却可以破解绘画的这种有限性，因为中国画有留白，留白是无、是想象、是所有未尽的可能性。所以，空山旷谷，在中国艺术中成为永恒主题，像王维，不只是唐代伟大的诗人，也是绘画史上伟大的画家、“文人画”的鼻祖，所以，他对“空”有着独到的表达：

人闲桂花落，夜静春山空。

月出惊山鸟，时鸣春涧中。

你看那空山，什么都没有，但又什么都有，生命的各种迹象、世界的各种可能性，都住在这份“空”里，潜滋暗长。这四句诗，二十个字，翻译给外国人并不难，但这“空”的意念，该怎么翻译呢？不懂“空”，就不懂中国诗、中国画，甚至不懂一把中国的椅子。

有人会说，明式家具并不实用。家具，首先要考虑为人所用，实用功能永远放在第一。这固然不错，但我想说，在古代中国，身体从来都是听命于心的，而生活的品质，首先取决于内心的品质。所以，明式家具，诸如书案画案、琴桌酒桌，虽是生活的必需品，也是灵魂的道场——中国人的精神修炼，就在日常生活里进行。它们引导我们的精神向上，而不是让我们的屁股沉沦向下。风骨传典，风物流芳，明式家具，就这样，承载着落实于物质的文化观念与精神图腾。

叁

在当下中国，许多土豪都喜欢在办公室墙上挂一幅书法，上书四个大字：厚德载物。

并不是所有人都知道，这四个字原本出自《周易》，意思大抵是：只有德行淳厚，才配得到物质的供养。在中国，物从来都是与德相对应、成因果。因此，物，不只是“物”本身，而是生命、是精神，有时，还是政治，比如皇帝坐在世界的中央，不是因为他有权，而是因为他有德。孔子说：“为政以德，譬如北辰居其所而众星共之。”

因为有德，他才有资格像北极星一样坐在这世界的中心（皇宫），让万众像众星一样紧密地围绕在他的周围。中国人讲“物理”，不同于西方人讲“物理”。西方人的“物理”，纯属客观世界的规律，声光电色的运行之理。中国人的“物理”，是指“万物的道理”，“格物”作为儒家思想的重要理念，就是要以天地万物的道理完善我们的精神。所以《大学》里说：“格物、致知、诚意、正心、修身、齐家、治国、平天下。”儒家知识分子的这一系列必修课，物是最初的也是最根本的出发点，是一切思想和行为的源头。

很多年前，在春风沉醉的晚上，在故宫研究院满目花开的小院儿里，坐在办公室一把老旧的明式椅上，听郑珉中先生不紧不慢地讲琴之九德，谓：奇、古、透、静、润、圆、清、匀、芳，面目慈祥而陶然。那时，这位故宫古琴专家已年逾九旬，历经荣辱，人却变得格外温暖和透明。将近一个世纪的沧桑风雨，居住在他的心里，通过他的古琴流泻出来，宠辱不惊。与他面容的苍老相反，他拨动琴弦的手指，暗含着岁月赋予的灵巧与力道；他内心坚守的品德，亦像一件明式家具，越擦越亮，永不蒙尘。

一件家具、一张好琴，都自有它的品德所在，品德不佳之人，想必是摆弄不了。王世襄先生谈明式家具，谈到家具有“十六品”，即简练、淳朴、厚拙、凝重、雄伟、圆浑、沉穆、秾华、文绮、妍秀、劲挺、柔婉、空灵、玲珑、典型、清新。人与之相配，才称得上完美。不配，人就显得尴尬，反正家具不会尴尬。明代文震亨在《长物志》序里说：“几榻有度，器具有式，位置有定，贵其精而便，简而裁，巧而自然也。”那格调，让炫奇斗富者一下子就可能漏了底，像文震亨所说的那样：“近来富贵家儿与一二庸奴钝汉，沾沾以好事自命，每经赏鉴，出口便俗，入手便粗，纵极其摩挲护持之情状，其污辱弥甚。”明式家具是中国人的雕塑，简洁空灵、亭亭玉立、举重若轻，凝聚着中国人对世界的完美想象，在人生哲学、视觉艺术与日常起居之间达成一种高度的统一。

肆

明式家具鲜明的造型感，得自唐宋以来中国绘画的线条训练与积累。曹衣出水，吴带当风。终有一天，那精致、流畅、唯美的线条，超出了纸页的范围，落在了木材上。对大树进行剪裁，每一笔，都精准得当，无可挑剔，就像宋玉眼里的邻家少女，增一分则肥，减一分则瘦。有太多的文人，把自己的理想、意念融入设计中，却从来不留设计者的名姓（中国的建筑、服饰等亦是如此）。因此，与中国书画不同，中国的明式家具是由无数文人、工匠共同缔造的，在现实中不断地修改和调试，因此才能在最广阔的生活里降落。中国人自古有对物的崇拜，但对物的崇拜里，包含着对自己的崇拜。

从大树到家具，从山石到园林，这个世界的物质属性没有变化——中国人没有去改变这世界的分子结构，只是改变了它们的形状和位置，把森林、石头，甚至河流，安放在生活的周围，甚至安放在一把椅子上（有些椅子以大理石等石板作面心）。因此这变化是“物理”的（同时合乎东西方对“物理”的定义），而不是“化学”的。将一把椅子放大，就是一座园林；再放大，就是整个世界——因为它们完全是同构关系。坐在这样的椅子上，就可以与世界相通，世界也可以浓缩成自我，温暖的木、坚硬的石、柔媚的水，就此成为身体的一部分。

因此，一把椅子，不只是一个坐具，也是我们与世界联系的一个楔子、一个接口。我们人类的交流、学习、冥想，在许多时刻离不开一把椅子。把椅子抽走，大多数人会手足无措，我们的身体，也将因此而失去一个可靠的支点。

（《作家文摘》2018 年总第 2114 期，摘自《人民文学》2017 年第 11 期）

用美器消磨时光

冯　唐

人是需要有点儿精神的，有点儿通灵的精神的，否则很容易出溜成行尸走肉，任由人性中暗黑的一面驱使自己禽兽一样的肉身，在世间做一些腐朽不堪的事情。人不是神，无法脚踏祥云或者自带头顶光圈，人通灵的精神需要落实在一些通灵的时间里。明代嘉靖、万历年间的陈继儒在《太平清话》中列举了一些东方文化中通灵的时间："凡焚香、试茶、洗砚、鼓琴、校书、候月、听雨、浇花、高卧、勘方、经行、负暄、钓鱼、对画、漱泉、支仗、礼佛、尝酒、宴坐、翻经、看山、临帖、刻竹、喂鹤，右皆一人独享之乐。"

上述列举的通灵时间都需要一些器物实现：焚香需要香炉和香，试茶需要茶盏、茶壶、茶，洗砚需要砚台，鼓琴需要古琴。

以器物论，东方文化中有两个美学高峰。一个高峰是商周之前的高古玉，礼器居多，"以苍璧礼天、以黄琮礼地、以青圭礼东方、以赤璋礼南方、以白琥礼西方、以玄璜礼北方"，光素温润，毫无烟火气。另一个高峰是宋金的高古瓷，很多和茶、花、香相关的美器，用于上述通灵的活动，"点茶、插花、焚香、挂画"，单色不琢，和敬清寂，因为隐忍，所以美得嘹亮。商周之前的高古太遥远，那时候人的平均寿命太短，生活太魔幻，相比之下，宋朝是个不爱打打杀杀的朝代，皇帝偶尔都是骨灰级的文艺男，宋朝的审美对于我们今天的生活更具指导意义。

我案头常放几件古器物，多数能用，喝茶、饮酒、焚香，多数是宋朝的，相处久了，看到窗前明月，知道今月曾经照古人，会替苏东坡问，“明月几时有？把酒问青天”。

一盏。北宋建窑兔毫盏，撇口，直径约十厘米，黑胎，酱黄色釉，釉中有筋脉状黑褐色纹样，俗称兔毫，盏底修足工整，盏外施釉不到底，凝聚处如泪痕。

一罐。宋金钧窑双耳罐，敞口，无颈，斜肩，圈足，内外壁满厚釉，底足不施釉。

一印。宋圆雕羊钮白玉印，微沁，两厘米乘一厘米见方，宋代喜欢用玉雕羊，雕工极细，羊神态自若，面部由多个棱面组成，体现宋代动物玉雕的特色。

我很难用语言形容这一盏、一罐、一印的美。我一直认为，文学首要的目的是求真，探索人性中无尽的光明与黑暗。真正的美，只可意会不可言传。在真正的美面前，文字常常乏力。白居易说杨贵妃，“芙蓉如面柳如眉，对此如何不泪垂”，然而这么多年过去了，白居易这句诗流传下来了，我们还是不知道杨贵妃到底长什么样子。

如果勉为其难，用语言形容这三件器物呈现的东方审美：

东方审美就是实用之美。建盏的口沿很薄并且向外撇，喝茶的时候，上下唇贴上去，非常服帖，建盏的壁很厚，茶汤倒进去不容易凉；钧窑罐的形状很美，哪怕不插花，摆在案头就很养眼，釉厚，千年过后的今天，还是能当实用的建水，不漏不渗；千年过后的今天，玉印摸上去还是滑腻不留手，顺手、顺心。

东方审美就是传承之美。这三件器物，我都见过类似器型和做工的同类，在没必要改变的时候，古时候的匠人竭尽心力传承前辈匠人精心塑造的美，恭敬从命，细节一丝不苟，大局随心所欲而不逾矩。

东方审美就是自然之美。它们似乎都不是主观设计的产物，古时候的匠人只是努力把它们恢复到了它们天生应该的样子。拿起青黑的建盏喝一口当年春天摘的古树生普，冷涩而后甘，山林的春天就在唇齿之间，“一杯落手浮轻黄，杯中万里春风香”。插一枝莲花到钧窑罐，仿佛养一枝莲花在一个小小的天青色的水塘，“雨过天青云破处，这般颜色做将来”。

审美的确需要天赋，但是天赋需要点拨，后天熏陶也能在相当程度上弥补天赋的不足。多花点儿时间在这些通灵的事儿上，人容易有精神。多用些美物做这些通灵的事儿，人更容易有精神。精神即是物质，物质即是精神，本一不二。年轻的时候喜欢透过现象看本质，读万卷书、行万里路，常常将天地揣摩，希望终有一日妙理开，得大自在。人慢慢长大，喜欢略过本质看现象，一日茶、一夜酒、一部毫不掩饰的小说、一次没有目的的见面、一群不谈正经事的朋友，用美好的事物消磨必定留不住的时光。所谓本质一直就在那里，本一不二。

（《作家文摘》2016 年总第 1996 期，摘自《在宇宙间不易被风吹散》，冯唐著，北京联合出版公司 2016 年 6 月出版）

无　用

李　娟

世间无用之事，有着无以言表的美。

比如花笺。

深秋，与友人在京都清水寺下面的小街流连，见一家小店卖信笺，窄窄的宣纸，手掌般大小。洁白的宣纸上落着细小的樱花花瓣，三三两两，极少的几片，沉静如梦。

店主穿着白衫，提笔在宣纸上作画，一头微微卷曲的头发，鬓角有了星星白痕。他见我捧着信笺看了又看，向我微笑。这种花笺，原来叫怀柄纸，是古代文人和友人通信的便笺。

怀柄纸让我想起唐代的“薛涛笺”。书上说，成都有一口薛涛井，井水是用来制薛涛笺的。唐代才女薛涛以芙蓉花为原料制笺，花笺面如芙蓉，纸张柔韧光洁，其间隐隐可见花瓣，是宣纸中的佳品。一时间薛涛纸贵，当时的文人墨客竞相购买。

秋意渐浓，夜雨敲窗，这样的夜晚适合读古人的手帖。

王羲之《执手帖》写道：“不得执手，此恨何深。足下各自爱，数惠告，临书怅然。”书法家在手帖中说，我很想念你，不能执手相看，只有各自珍重。

《初月帖》：“虽远为慰，过嘱。卿佳不？吾诸患，殊劣殊劣。方涉道，忧悴。力不具。羲之报。”

意思是说：我们相距这么远，收到信，觉得内心安慰。你太过牵挂我了，你好吗？我太多忧患，真不好。行旅途中，忧愁，心力交瘁。不写了，羲之敬礼。

两份手帖都是王羲之写给朋友的信笺，逸笔草草，情真意浓，余味悠长。一句“卿佳不”，你好吗？深厚的情意一时间穿透千年的光阴。

可惜的是，如今的人们，再也写不出墨笔绝美、情深义重、短小清雅的笺了。

落叶与残荷，原来都是世上无用之物。

有位学生去拜访朱光潜先生，秋深了，见院中积着一层厚厚的落叶，学生找了一把小扫帚，要为老师清扫落叶。朱先生阻止他说：“我等了好久才存了那么厚的落叶，晚上在书房看书，可以听见雨落下来、风卷起的声音。这个记忆，比读许多秋天境界的诗更生动、深刻。”

朱光潜先生是多么有情趣的人啊！

《红楼梦》中有一回，宝玉和黛玉同众人游园，宝玉见荷塘中残破的荷叶，说，这些破荷叶真可恨，怎还不叫人拔去？黛玉这时不乐意了，说，我喜欢李义山的诗“留得残荷听雨声”，偏偏你们又让拔去。宝玉听了，连说果然好句，咱们以后就别叫人拔了。

朱光潜先生舍不得清扫的落叶，林黛玉舍不得拔掉的枯荷叶，原来都有萧瑟之美。

人生难得听秋声。留得残荷与落叶，不过是为了听秋风秋雨之声。

假日，和儿子一起去北京的齐白石故居，看见白石老人的画《蛙声十里出山泉》。原来这是老舍先生给老人出的一道难题，让他用诗人查慎行的诗句作画。画上，山间一条清流潺潺而来，溪流中游动一群大小不一的蝌蚪。我问儿子，白石老人画得好不好？他说，不仅画得好，还有意思。好在哪里呢？他说，好在画外有画，画外有声，意趣在画外。看来，他看懂了这幅画。

在网络上听叶嘉莹先生讲古诗词。前几年，一直迷恋她的“迦陵说诗”系列。她穿一条紫色的长裙，围着灰色的丝巾。九十岁的叶先生站在台上，偌大的会场顿时鸦雀无声。她讲起古诗词，依然激情饱满，荡气回肠。举手投足，儒雅端庄，气度非凡。我仰头静静凝望着叶先生，她才是世间称得上“先生”的女性。她的气质，是浸染古典诗词凝萃出来的优雅与大美。

有学生问她：“您讲的诗词很好听，但是，对我们实际的生活有什么帮助呢？”

叶先生说：“你听了我的课，当然不能用来评职称，也不会加工资。可是哀莫大于心死，而身死次之。古典诗词中蓄积了古代伟大的诗人所有心灵、智慧、品格、襟抱和修养，读古典诗词，可以让你的心灵不死。”

说得多好！

读古典诗词似乎是无用的，但是，它让我们的心灵不死。白发的先生，一生都是诗词的女儿，她始终怀抱着一颗赤子之心。

她将毕生的财产三千余万元全部捐赠给国家的教育事业。她说：“我这个莲花总要凋谢，可是，我要把莲子留下来。”

自古文人喜欢做的事，大多是无用的。比如：看樱、听雨、写信、观帖、赏画、吟诗、读书、品茗。他们乐在其中，忘乎所以。这些世间无用的事，却能让人活得有滋有味。

无用之事，与文学、艺术、音乐、爱情相若，皆似梦境一般美好。在浮躁的尘世间，它们宛如静夜的月光，抚慰每一颗荒寒的心。

（《作家文摘》2020 年总第 2341 期，摘自《散文》2020 年第 6 期）

对花能饮即君子

张宗子

周作人译清少纳言《枕草子》第二十段“清凉殿的夏天”，作者抄写古歌，抄了藤原良房《古今集》里的一首：

> 年岁过去，身体虽然衰老，
> 但看着花开，
> 便没有什么忧思了。

这是很达观的话，透过字面去看，作者的生活，也是相当优裕的。无忧需要借助花和酒，是古人的老套子。落到现实生活中，不过一个精巧的比喻。在这方面，中国和阿拉伯的诗人，可算精神相通，而后者的玫瑰园，似乎比李白们的桃李园还更声色并茂。《一千零一夜》中很多故事的场景，是可以做梦中游的。

去年读了整整一年宋诗，心仪的几位大家，集子都过了一遍。宋人的文人气比唐人浓厚，写酒不如唐人狂纵，写花却特别多，写各种细细的赏玩和情调。唐人写花是求其大概，意到辄止，有些咏花的诗，除了题目，没有一个字和花沾边，但还是好诗。托物言志，物有什么好较真的？菊花耐寒，梅花更耐寒。荷花开在盛夏，也有“月晓风清欲堕时”，照样清丽高洁。宋人写花便细致，从各个侧面入手，缥缈恍惚的当然有，敢于硬碰硬地白描的也不乏其人。一首七律五十六个字，咬定了那花本身，字字杀向要害，写神态，写形貌，写颜色气味，照样出名作。这些诗，心情好的时候，读来兴致盎然，心情不好，便觉得不耐烦。盖宋人精而小，把玩，就如茶道，需要平心静气。

杨万里写梅花：“犹喜相看那恨晚，故应更好半开时。”里面两重意思，一是看花恨不及早，二是最好花在半开。后一个意思，屡屡用在诗里。《郡圃杏花二首》中，就有这样两联：“却恨来时差已晚，不如清晓看新妆”“绝怜欲白仍红处，正是微开半吐时”。杨万里不像陆游那样爱发牢骚，偶尔发一次，别人也不当回事，因为不在大气氛里，他的大气氛是明快。比如他写了一首《夜饮以白糖嚼梅花》，说吃一朵蘸糖的花，喝一杯酒。事情是实在的，但听起来有点装。他又说自己穷，没有肉菜下酒，才如此对付（“先生清贫似饥蚊，馋涎流到瘦胫根”），更难叫人相信。

读《红楼梦》的人，对其中的诗词肯定印象很深。红书中的诗词，以咏花为主。曹雪芹虽然扣着人物的身份来写，貌似人人不同，总体风格却是统一的，都是他自己的套路。他的所学，一目了然，是宋诗，主要是陆游和范成大。陆游，书里多次提到；范成大，不记得有没有直接提，至少有馒头庵、铁门限。陆游和范成大都善于写古雅清空的中二联，好处是精致，不好处是俗套。比如范成大写红梅，“疏影有情当洞户，蔫香无语堕空杯”“午枕乍醒铅粉退，晓妆初罢蜡脂融”；王安石写红梅，“须袅黄金危欲堕，蒂团红蜡巧能装”。这便是黛钗宝玉史湘云们咏菊咏海棠的范本，而不独陆游的“纸帐光迟饶晓梦，铜炉香润覆春衣”和“微倦放教成午梦，宿酲留得伴春愁”。

后人喜欢苏轼而学不来，爱学李商隐而只能悬在半道上，对王安石则觉得太隔膜。大约曹雪芹也是如此。同是写花，苏轼和李商隐都太个人意气，一个高，一个深，高深都不可及，王安石也是言志，却动不动霸气十足。因为霸气，就让人觉得有点干，以至于没耐心去领会他的一肚子深情。何况他还喜欢在技巧上争奇斗胜，比如他次韵苏轼的咏雪诗，虽然不乏妙句，大体上成了文字游戏。他的好处须得细细体会，体会到了，余味无穷。“雪径回舆认暗香”，也是写梅花的：在落雪的小径上走过，本来一无所睹，走过去，依稀闻到淡淡的香气，恍然大悟，是有梅花在来路边上的暗处，却错过了，于是掉转车子，返回寻找。这意思多好！收入《神童诗》的那首梅花五绝，“墙角数枝梅，凌寒独自开。遥知不是雪，为有暗香来”，同样强调梅花的淡泊自守，然而一身清香终不可掩。可见他的出发点，始终在品格上。他有一首《新花》诗：“老年少忻豫，况复病在床。汲水置新花，取忍此流芳。流芳柢须臾，我亦岂久长。新花与故吾，已矣两可忘。”这是心中忧苦之人的清醒话，以豁达掩饰深情，以言可忘掩饰难忘。作者如此说，不是欺人，亦非自欺，是自勉兼自慰，所谓当无可奈何之时，似有千言万语，而实无一话可说，只好“却道天凉好个秋”。瓶中所插是什么花，他没写，害得我一直悬想。

和王安石的《新花》一样，李商隐的《回中牡丹为雨所败二首》，感物伤人的主题之外，也有一股说不出的意味，是诗中并未明写，却令读者掩卷难忘的。“下苑他年未可追，西州今日忽相期。水亭暮雨寒犹在，罗荐春香暖不知。舞蝶殷勤收落蕊，佳人惆怅卧遥帷。章台街里芳菲伴，且问宫腰损几枝？”意思非常明白，但我每次念诵，想到的都是诗外的事情。里面最好的就是“水亭”“罗荐”那一联，一寒一暖，一今一昔，一存一亡，就像无题诗《锦瑟》一样，八句话写尽他一生的感慨。关于暖，他早年的牡丹诗已经写得详尽无余：“锦帏初卷卫夫人，绣被犹堆越鄂君。垂手乱翻雕玉佩，折腰争舞郁金裙。石家蜡烛何曾剪，荀令香炉可待熏。我是梦中传彩笔，欲书花叶寄朝云。”别人看牡丹一身富贵气，他不然，他看到的是富贵折射出来的华丽，但华丽如同严妆，隐约得像罢琴后的尾音，像影子里暗喻的色彩。

牡丹我没正经观赏过，公园里看见的一株两株，那不能算。洛阳以牡丹著称，我回洛阳十几次，从没赶上开花的季节。要说牡丹还真不是特别吸引我的花，花朵太大，太艳丽，有点飞扬跋扈了。《红楼梦》里以牡丹比薛宝钗，花签上题罗隐的诗，“任是无情也动人”。罗诗对应宝玉眼中的宝钗，堪称传神，然而与牡丹何干？宝钗收敛，牡丹开张。很难想象雍容华贵的牡丹如何“无情”，难道是金枝玉叶的高傲，像歌剧中的图兰朵一样？

李商隐的“高阁客竟去，小园花乱飞”，写惜别的情绪。花落喻人事，早已不新鲜，但他立脚点高，突出一语，如独鹤横空，便显得哀而不伤，绮而不靡。到了苏轼，则说，“惆怅东栏一株雪，人生看得几清明”，明说惆怅而态度洒脱。

东坡的七绝，风格与其七律及五七古颇不相同。七古有豪气，五古多哀婉，七律似其词，以放达纵意为主，七绝则近于小杜，清秀而有逸气。这一首咏梨花，正是从小杜诗而来。小杜诗咏雪，以梨花喻雪："淮阳多病偶求欢，客袖侵霜与烛盘。砌下梨花一堆雪，明年谁此凭栏杆？"此心境更近荆公。

谈到梨花，清少纳言说，梨花令人扫兴，因为没有颜色，不够妩媚。但想到唐人那么喜爱，"勉强地来注意看去，在花瓣的尖端，有一点好玩的颜色，若有若无地存在"。白居易形容杨贵妃哭过的脸庞如"梨花一枝春带雨"，清少纳言于是退一步承认，"似乎不是随便说的。那么这也是很好的花，是别的花木所不能比拟的吧"。

微物足以移情。当很大一部分世界不可避免地、不由分说地离去，幸好有这些花草，这些树木，这些青山绿水，不用花钱便可以随便读的书，以及不用花太多钱便可以听的音乐，继续相伴。君子寓物不留物，我们为什么要对一切存长留的幻想呢？

（《作家文摘》2017 年总第 2055 期，摘自 2017 年 7 月 14 日《光明日报》）

如果没有李白

王晓磊

如果没有李白，我们的生活会怎么样？

似乎并不会受很大的影响，对吗？不过是一千多年前的一个文学家而已，多一个少一个无关紧要。

《全唐诗》大概会变薄一点，但也程度有限，大约是四十至五十分之一。名义上，李白是“绣口一吐就半个盛唐”（余光中诗），但要从数量上算，他诗集的规模远远没有半个盛唐这么多。

在《全唐诗》一共九百卷里，李白占据了从第一百六十一卷至第一百八十五卷。少了他，也算不得特别伤筋动骨。

没有了李白，中国诗歌的历史会有一点变动，古体诗会更早一点地输给格律诗，甚至会提前半个世纪就让出江山。然而，我们普通人对这些也不用关心。

不过，我们倒可能会少一些网络用语。比如一度很热的流行语“你咋不上天呢”，最先是谁说出来的？

答案正是李白爷爷：“耐可乘流直上天？”

他什么时候说出这话的呢？是一次划船的时候。

话说这一年，有一艘神秘的游船，在南湖上漂荡……别紧张，这是在唐朝，公元 759 年，李白带着朋友划船。

那位朋友正值被贬了官，愁眉不展。当时李白已近六十了，看着面前苦哈哈的朋友，摸着自己已泛白的长须，仰天长笑："多大个破事啊，不就是官小一点儿吗？别想不开了，眼前如此美景，我们应该两忘烟水里，好好喝酒才对，何必为俗事唏嘘呢？"

他于是写下了这首浪漫的名诗，就叫作《陪族叔刑部侍郎晔及中书贾舍人至游洞庭》：

南湖秋水夜无烟，
耐可乘流直上天？
且就洞庭赊月色，
将船买酒白云边。

他们喝着酒，暂时忘记了忧伤，隐没在烟水之中。

那么，李白还创造了其他的网络热语吗？有的，比如"深藏功与名"，出处是李白的《侠客行》："事了拂衣去，深藏身与名。"

如果没有李白这首诗，香港的金庸也不会写出武侠小说《侠客行》来。在这部有趣的小说里，有一门绝世武功正是被藏在了李白这首诗中。

非但《侠客行》写不出，《倚天屠龙记》多半也悬。灭绝师太的这把"倚天剑"，是古人宋玉给取的名，但为这把剑打广告最多、最给力的则要数李白："擢倚天之剑，弯落月之弓""安得倚天剑，跨海斩长鲸"。

不只是香港文艺界要受一些影响，台湾也是。黄安一定不会写出当年唱遍大街小巷、录像馆、台球厅的《新鸳鸯蝴蝶梦》来了，这首歌就是从李白的一首诗《宣州谢朓楼饯别校书叔云》里面化出来的。“昨日像那东流水，离我远去不可留，今日乱我心，多烦忧”，是化用李白的句子“弃我去者，昨日之日不可留；乱我心者，今日之日多烦忧”。后面的“抽刀断水水更流，举杯消愁愁更愁”，则直接是把李白的诗句搬过来了。

如果没有李白，中国诗歌江湖的格局会有一番大的变动。

几乎所有大诗人的江湖地位，都会整体提升一档。李商隐千百年来都被叫“小李”，正是因为前面有“大李”。要是没了李白，他可以扬眉吐气地摘掉“小李”的帽子了。王昌龄大概会成为唐代绝句首席，不用加上“之一”，因为能和他的绝句相比的正是李白。至于杜甫，则会成为无可争议的唐诗第一人，也不必再加上那个“之一”。

除此之外，我们在日常生活中还会遇到一些表达上的困难。

比如对于从小一起长大的男女朋友，你将没有词来准确形容他们的关系。你不能叫他们“青梅竹马”，也不能叫他们“两小无猜”，这都出自李白的《长干行》。

你也无法形容两个人相爱得刻骨铭心，这个词也是出自李白的文章：“深荷王公之德，铭刻心骨。”

岂止是无法形容恋人，我们还将难以形容全家数代人团聚、其乐融融的景象，因为“天伦之乐”这个词也是李白发明的，出自他的一篇文章，叫作《春夜宴从弟桃李园序》：“会桃李之芳园，序天伦之乐事。”

“浮生若梦”，也不能用了，出处同样是李白这一篇文章：“浮生若梦，为欢几何？”

“杀人如麻”没有了，这出自李白的《蜀道难》。“惊天动地”也没有了，这是白居易吊李白墓的时候写的诗：“可怜荒冢穷泉骨，曾有惊天动地文。”

扬眉吐气、仙风道骨、一掷千金、一泻千里、大块文章、马耳东风……要是没有李白，这些成语我们都不会有了；此外，蚍蜉撼树、春树暮云、妙笔生花……这些成语都是和李白有关的，也将统统没有了。我们华人连说话都会变得有点困难。

没有了李白，我们还会遇到一些别的麻烦。

当我们在社会上际遇不好，没能施展本领时候，将不能鼓励自己“天生我才必有用”；我们遭逢了坎坷，也不能说“长风破浪会有时”；当我们和知己好友相聚，开怀畅饮的时候，不能说“人生得意须尽欢”；当我们在股市上吃了大亏，积蓄一空的时候，不能宽慰自己“千金散尽还复来”。这些都是李白的诗句。

那个我们印象中很熟悉的中国，也会变得渐渐模糊起来。我们将不再知道黄河之水是从哪里来的，不知道庐山的瀑布有多高，不知道燕山的雪花有多大，不知道蜀道究竟有多难，不知道桃花潭有多深。

白帝城、黄鹤楼、洞庭湖，这些地方的名气，大概都要略降一格。黄山、天台、峨眉的氤氲，多半也要减色许多。

变了样的还有日月星辰。抬起头看见月亮，我们无法感叹“今人不见古时月，今月曾经照古人”，也无法吟诵“小时不识月，呼作白玉盘。又疑瑶台镜，飞在青云端”。

李白如果不在了，后世的文坛还会发生多米诺骨牌般的连锁反应。没有了李白“举杯邀明月”，苏轼未必会“把酒问青天”；没有李白的“请君试问东流水”，李煜未必会让“一江春水向东流”；没有李白的“大鹏一日同风起”，李清照未必会“九万里风鹏正举”。

后世那一个个浪漫的文豪与词帝，几乎个个是读着李白的集子长大的。没有了李白，他们能不能产生都将是一个问题。

后来人闹革命的浪漫主义色彩也会衰减不少。有李白的“我欲因之梦吴越”，才有毛泽东的“我欲因之梦寥廓”；有李白的“欲上青天揽明月”，才有后来的“可上九天揽月”；有李白的“挥手自兹去”，才有“挥手从兹去”；有李白的“安得倚天剑”，才有“安得倚天抽宝剑”。

我们的童年世界也会塌了一角。那个每个小朋友记忆深处、平均每个人要听三百遍的“只要功夫深，铁杵磨成针”的故事也将没有了。它可是小学生作文的经典万金油典故。

李白，这一位唐代的大诗人，已经化成了一种基因，和每个华人的血脉一起流淌。哪怕一个没有什么文化和学历的中国人，哪怕他半点都不喜欢诗歌，也会开口遇到李白，落笔碰到李白，童年邂逅李白，人生时时、处处、事事都被打下李白的印记。

不知道李白在世的时候，有没有预料到这些？他这个人经常是很矛盾的，有时候说自己的志向是当大官、做大干部，轰轰烈烈干一件大事；有时候又说自己的志向是搞文学，做研究，“我志在删述，垂辉映千春。希圣如有立，绝笔于获麟”。

前一个志向，他没有实现，但后一个志向他是超额完成了——所谓“垂辉映千春”，他已经辉映了一千三百年的春秋了，还会继续光辉下去。

（《作家文摘》2017年总第2055期，摘自《六神磊磊读唐诗》，王晓磊著，北京十月文艺出版社2017年7月出版）

辑四

荒野的声音

自然能够抚慰人心，

一个人心事再重，总有一部分本质，

会响应自然之律，旷然起来。

荒野的声音

张　炜

我走出茅屋，走出小院，有时不知该往哪里去。到处都是树木，是各种花草。我已经把所有远远近近的树和草都认遍了，因为哪天遇到一株从没看到的植物，就会摘一片叶子、揪一根枝茎回家。外祖母大半会说出它书上的名字，还有当地的叫法。我一开始分不清同样开金黄色花朵的迎春和连翘，也分不清蜀桧和龙柏。它们都长得太像了。原来地上的茅草也有那么多学问，过去我总是把狗牙草和青茅看成同一种，后来才知道它们各有自己的名字。有一种叶子稍宽、草梗稍硬的茅草，它们生在路边一点都不起眼，外祖母说这叫“荩草”，“你瞧瞧，它就像最小的竹子，那模样多神气”。

我学会了像外祖母那样看树和花草的“神气”，就像看动物和人一样。在她眼里大丽花是穿花衣服的闺女，爱大笑，胖胖的憨憨的；百合微笑着看人，露出雪白的牙齿；黑菊是冷面的女人，她很傲气；蓝蝴蝶花非常害羞，不爱说话；山牛蒡一天到晚嘀嘀咕咕，嘴巴很碎；紫菀是读了很多书的姑娘，能背许多诗；萱草的心愫最好，是不讲穿戴的美人；白头翁是吉祥的花，谁遇到它都离好事儿不远了；梦冬花又叫“喜花”，谁见了都高兴；鸡冠花让人想起年轻时的事情，想多了使人叹气；望春花又叫白玉兰，是富贵花；合欢花刚一打眼使人高兴，看久了会想起远处的朋友；白木槿让男人对老婆好，红木槿让人喝酒；蓖麻开花小又小，可它能让一对少年越来越好……我别的不敢说，单讲蓖麻就让我信服，因为自从栽了蓖麻，我和壮壮的关系真的更好了。

除了花草，外祖母对树也看得明白，什么树都别想骗她。她说树和人一样，性情是不同的，别看它们平时不吭一声，暗里也是有心眼的。她说海边林子里什么树都有，等于和各种人打交道。“白杨树英俊啊，它们从小到大都是干干净净的、有志气的！”她说。我有时在长了白杨的沙岗上待很长时间，真的喜欢这些大树。我发现喜鹊最愿在这种树上建窝，它们大概同样偏爱白杨。“橡树是林子里最有威信的，所有树都听它的，它话少，说一句算一句。橡树经的事多，遇到什么都不慌不忙。”她看橡树的眼神，就像看那些年纪大的老辈人一样。

我想着外祖母的话，在心里琢磨柳树、苦楝、毛白杨、胶东卫矛、栾树、刺槐、女贞、皂角、白蜡。它们都在屋子四周。梨树和李子、海棠、柿树、无花果、桃树、樱桃属于另一类，这是结出馋人的果子的，那就要换另一种眼光。我觉得柳树脾气最好了，特别是对我们小孩儿好；白蜡树聪明；刺槐不喜欢陌生人；毛白杨心肠好；栾树和野猫是一伙的……外祖母大致赞同我对它们的看法，不过特意告诉我：“槐树和野猫也是一伙的。合欢树喜欢小羊。”

我记住了她的话。她是从来不错的。我长时间看着茅屋东边那棵大李子树，它是我依偎最多的一棵树。它太大了，一到春天，它自己就开成了一片花海。它是我们这儿真正的树王。我甚至觉得它对一切的树和动物，就像外祖母对我一样慈爱。它顾怜一切，护佑一切。

我还想起茅屋西边那片茂密的紫穗槐，有一段时间我愿藏在里面读小画书，还在那儿发现了一头可爱的小猪。我问外祖母怎样看待这片灌木，她说："这可是了不起的一种树，别看它长不高。如果没有它们，那就算不得荒野了。"是的，紫穗槐的模样，还有气味，都会让人想起大海滩，想起荒林野地。

树木花草的脾性和神气，要一一记在心里，不出错儿，比什么都难。至于说各种动物，比如鸟和四蹄动物，只要看一会儿就会明白。因为它们的眼睛骗不了自己也骗不了别人。我没有见过狼和熊，但它们真的在林子里出没过，说不定到现在还有。也许是盼着见到，我心里一点都不恨它们。我见过豹猫的眼，尖尖的，冷得吓人。猫头鹰的大眼真好看，它看人的样子没法琢磨，那有点让人害羞，让人想自己干了什么不好的事，让一只大鸟这么死死地盯住，看那么长时间？

野物都是一些古怪的东西。我对它们的眼神怎么也忘不掉。一只春天沙滩上的小蚂蚱爬到高坡上，它一直在瞅我。小柳莺在柳絮里扑动，它也会忙里偷闲瞥瞥我，小眼睛真机灵。沙锥鸟在地上飞跑，故意不飞，一边跑一边歪头看人，想看看人有多大本事。小鼹鼠唰地钻出地表又噌一下缩回去，它不是在看，而是嗅，从气味上判断面前这个人是好还是坏。就连小小的蚂蚁都不是傻子，它们走到人的跟前，一对长须翘动着，其实那是在琢磨什么，想明白了，也就走开了。

我最爱看橡树上的红色大马蜂。大橡树流出了甜汁时，牢牢地吸引着十几只大马蜂。它们长得真壮，颜色在阳光下闪闪烁烁，一道道黑色环纹真漂亮。它们据说是蜇人的，被蜇的人轻一点肿脸，重一点躺在地上。听说有个人喝了酒来招惹大马蜂，它们一块儿攻上来，结果那个人就死了。我因为好奇，一点儿都不怕它们。我凑得很近，以至于嗅到了橡树甜汁的味道。大马蜂专心享用蜜水，头都不抬。有一只飞起来，在我耳旁转了一圈，又在额前看了看。我觉得它的眼睛里没有恶意。果然，它把我的消息告诉了其他几只，它们歪头看看我，继续享用。

林子里有一万种声音，只要用心去听，就会明白整个大海滩上有多少生灵在叹气、说话、争吵、讲故事和商量事情。它们的话人是听不懂的，所以只好去猜。猜它们的话就像猜谜语，有人猜得准，有人一句都猜不着。外祖母说一辈子住在林子里的人总能听懂一点，哪怕是只言片语也好。她说有个和自己年纪差不多的老婆婆懂鸟语，结果日子过得相当不错。

大海滩上的生灵包括了树木花草，而不仅是能够奔跑和飞动的野物。树木让风把自己的声音送给另一棵树，送给人和动物。比如鸟儿啄一只无花果，风就把四周白杨和梧桐的感叹传过去：“可怜啊！惨啊！呜呜呜！”兔子啃着狗牙草，把长长的草筋抽断，四周的草都在诅咒：“勒坏你的兔子牙！勒！勒呀勒！”这么多生灵一起咒骂，兔子吓得蹦起来就跑。

夜晚好像安静了。不，夜晚有一只鸟边飞边哭。还有一只母狐在抽抽搭搭地抹眼泪，看着月亮祷告。花面狸一丝丝往斑鸠身边爬，到了最危险的那会儿，喜鹊掷出了一颗橡籽，击中了花面狸的鼻子。鸟儿和四蹄动物都在暗影里警醒，时不时相互扔一个飞镖，那是小泥丸和沉甸甸的种子壳。两只上年纪的刺猬老姐妹坐在一截枯树枝上拉家常，一个说："我生第一个孩子奶水不足。"另一个说："我的小儿子手不老实，偷邻居家的水虫。"

我对夜里所有的声音都听得见。我仰躺着，两只耳朵都用得上。黑色的夜气从北到南地流去，有时成丝成缕，有时像水一样平漫过来。我用耳朵接住流过的夜气，把里面的声音结成的大小疙瘩滤出来。只要我还没睡，就能听见无数的声音：各种生灵说话、咕哝。外祖母睡觉前也要咕哝，说到我、爸爸、妈妈，还有她自己。她说："我年纪大了，越来越喜欢吃甜食了。"她说得真对啊，她见了金线蜜瓜和拳头大的无花果，脸上一下笑开了花。

我夜里睡不着，不是因为月亮太亮，也不是因为肚子胀疼，而是被四处围过来的野物们的声音害的。我不得不用被子把头包起来，故意想别的事，想捉鱼或读书，摆脱那些密密的声音。有些细声细气的响动就像没有一样，可是即便这样我也能够听到。比如我能听到半夜里风平浪静的大海，听到它这时候在远处不停地诉说，吹口哨、叹气、打喷嚏、咳嗽。大海睡着了的呼噜声也很大。老风婆能把林子里的所有声音都装到自己的口袋里，背上一路往南走，一直走到我们茅屋这儿，再往南，穿过无数村子，最后送到大山里。所以我想，爸爸他们到了下半夜，也一定会听到林子和大海的声音。

林子里的夜晚，有的睡着，有的醒着；有的上半夜睡下半夜醒；有的整夜不睡。大海闹了一夜，白天睡。许多生灵都是大白天睡觉的。不少鸟儿和人一样，夜里用来睡觉。所以鸟儿和人差不多，都是太阳出来话就多起来。白天和夜晚的荒野不太一样，大概是分成了两半的。不同的野物与生灵分成了两大拨，它们各自占据一个荒野。我们因为是人，基本上和鸟儿一伙，占住的是白天这个荒野。

我告诉好朋友壮壮："咱们属于白天，晚上就交给另一些家伙好了。"壮壮说："嗯，那都是一些坏家伙。"我没有立刻表示同意，因为我在想他的话对不对。我说："晚上也有好的家伙，比如猫头鹰和刺猬，比如我们家很早以前的那只猫。你爷爷晚上不睡时，也是好的家伙。"

壮壮没法反驳我的话，转而说别的。他忧愁的事情和我一样，就是上学。"到了那一天，我们就得被关到高墙里面，还不知是怎么回事哩。"他皱着眉头。我想了想说："反正谁也逃不掉这种鬼事。说不定上学也有另一些有趣的事，谁知道呢。"他听了同样没有立刻反驳我。我知道，壮壮最近一年多来有些佩服我了。这是越来越了解我的原因吧。我很高兴。

因为和壮壮在一起心里高兴，所以常常在一块儿待上很久。我们俩在林子里走很远，只小心地回避那片老林子。那一次在林子深处遇到的一位老婆婆，究竟是不是老妖婆，我们曾在事后讨论了半天。开始认为是，后来又认为不是，或一半是一半不是。"反正她是最好的老婆婆，我常常想起她。"壮壮说。我和他一样。

走在林子里，我们谈了各种树木花草的脾气和特点。我重复了不少外祖母的观点，指着一大片紫穗槐说："别看它们从来长不高，可它们代表了荒野！"壮壮长时间看着，没有赞同也没有反驳。正这时，远处传来了野鸽子的叫声："咕噜噜咕！咕噜噜咕！"壮壮凝神听了一会儿，转脸看着我说：

“这也是代表荒野的。我觉得这就是荒野的声音……”

我以前没有想过。真的啊！就是野鸽子的呼喊，才把海滩和林子变得更大了，大到没有边缘。我深深地赞同。

（《作家文摘》2020年总第2302期，摘自《我的原野盛宴》，张炜著，人民文学出版社2020年1月出版）

春到黄河边

梁　衡

因为写了一篇《南方的春天》，就有读者要求再写一篇北方的春天，我何尝不愿意呢？作为一个北方人，这个春天在我心里已经藏了几十年，只是没有遇到合适的契机。

北国之春自然比南边要来得迟一些，而且脚步也显得沉稳。回想一下，我第一次对春有较深的感受是在黄河边上，那时也就二十出头。按当时的规定，大学毕业先得到农村去劳动一年，我从北京分配到内蒙古河套劳动。所谓河套，就是我们在中国地图上看到的，黄河最北之处的那个大拐弯儿，如一个绳套。满一年后我到县里上班，被派的第一个活儿，就是带领民工到黄河边防凌汛。“凌汛”这个词，也是北方早春的专有名词，我也是第一次听到。就是冰封一冬的黄河，在春的回暖中渐次苏醒，冰块开裂，漂流为凌。这流动的冰块如同一场地震或山洪暴发引起的泥石流，是半固体、半液体状，你推我搡，挤挤擦擦，滚滚而下。如果前面走得慢一点，或者还有冰冻未开，后冰叠压，瞬间就会陡立而成冰坝，类似这几年电视上说的堰塞湖。冰河泛滥，人或为鱼鳖。那时就要调飞机炸坝排险了。我就是这样受命于黄河开河之时，踏着春天的脚步走上人生舞台的。

一个小毛驴车，拉着我和我的简单行李，在黄河长长的大堤上，如一个小蚂蚁般缓缓地爬行。堤外是一条凝固的亮晶晶的冰河，直至天际；堤内是一条灌木林带，灰蒙蒙的，连着远处的炊烟。最后，我被丢落在堤边一个守林人的小木屋里——将要在这里等待开河，等待春天的到来。

我的任务是带着十多个民工和两个小毛驴车，每天在十公里长的河段上，来回巡视、备料，特别要警惕河冰的变化。这倒让我能更仔细地体会春的萌动。南方的春天，是给人欣赏的；北方的春天，好像就是召唤人们干活的。我查了写春的古诗词，写北方的极少。大约因它不那么外露。偶有一首，也沉雄豪迈，“羌笛何须怨杨柳，春风不度玉门关”。

一般人对黄河的印象是奔腾万里，飞流直下，或是壶口瀑布那样震耳欲聋。其实她在河套这一段面阔如海，是极其安详平和，雍容大度的。闲着时，我就裹一件老羊皮袄，斜躺在河边的沙地上，静静地欣赏着她的容颜。南方的春天是从空中来的，春风、春雨、春色，像一双孩子的小手在轻轻地抚摩你；而北方的春天却是一个隐身侠，从地心深处不知不觉地潜行上来。脚下的土地在一天天地松软，渐渐有了一点潮气。靠岸边的河冰，已经悄悄地退融，让出一条灰色的曲线。宽阔的河滩上，渗出一片一片的湿地。枯黄的草滩上浮现出一层茸茸的绿意。你用手扒开去看，枯叶下边已露出羞涩的草芽。风吹在脸上也不像前几天那么硬了，太阳越发的温暖，晒得人身上痒痒的。再看远处的河面，亮晶晶的冰床上，撑开了纵横的裂缝，而中心的主河道上已有小的冰块在浮动。终于有一天早晨，当我爬上河堤时，突然发现满河都是大大小小的浮冰，浩浩荡荡，从天际涌来，犹如一支出海的舰队。阳光从云缝里射下来，银光闪闪，冰块互相撞击着，发出隆隆的响声，碎冰和着浪花炸开在黄色的水面上，开河了！一架执勤的飞机正压低高度，轻轻地掠过河面。

不知何时，河滩上跑来了一群马儿，四蹄翻腾，仰天长鸣，如徐悲鸿笔下的骏马。在农机还不普及的时代，同为耕畜，南方用水牛，中原多用黄牛，而河套地区则基本用马。那马儿只要不干活时一律褪去笼头，放开缰绳，天高地阔，任其自己去吃草。尤其冬春之际，地里没有什么活，更是自由自在。眼前这群欢快的马儿，有的仰起脖子，甩动着鬃毛，有的低头去饮黄河水，更多的是悠闲地亲吻着湿软的土地，啃食着刚刚出土的草芽。当它们跑动起来时，那翻起的马蹄仿佛传递着在春风中放飞的心情，而那蹄声直接就是春的鼓点。我心里当即涌出一首小诗《河边马》——

俯饮千里水，仰嘶万里云。
鬃红风吹火，蹄轻翻细尘。

时间过去半个世纪，我还清楚地记着这首小诗，因为那也是我第一次感知春的味道。

南方这个季节该是阴雨绵绵，水波荡漾，春天是降落在水面上的。所以我怀疑“春回大地”这个词是专为北方之春而造的。你看，先是大地上的小溪解冻了，唱着欢快的歌；接着是田野里沉睡一冬的小麦返青了，绣出一道道绿色的线；黄土路发软了，车马走过，轧出一条条的印辙；土里冬眠的虫儿开始鸣唱了，河滩上的新草发芽了，显出一片新绿。大地母亲就这样分娩着生命。农历的二十四节气，基本上是先民按照黄河流域的气候来设定的。南方之春，是冬还未尽春又来，生命做着接续的轮回；而北方之春是在冰雪的覆盖下，生命做着短暂的凝固、停歇，突然来一个凤凰涅槃，死而复生。你听，“惊蛰”的一声春雷，大地压藏了一冬的郁闷之气一吐而尽，它松一松筋骨，伸展着身子，山川河流，树木花草，都在猛然苏醒。就连动物们，也欢快地谈起恋爱，开始“叫春”。人们甩去厚重的冬衣，要下地干活了。地球绕过太阳上圈，又回到了“春分”点上。

新的一年开始了。

（《作家文摘》2019 年总第 2218 期，摘自 2019 年 3 月 6 日《北京晚报》）

季节之韵

林清玄

在这冬与春的交界，有时感觉不是一季要变成另一季，而是每天就是一季，尤其是天气如此阴晴不定，昨天才冷得彻人，今天就要换上春衫，以为从此就是好日子了，明天又是一道冷锋，悄悄地从远方袭来。这时候会想起憨山大师一首禅诗：

世界光如水月，身心皎若琉璃。
但见冰消涧底，不知春上花枝。

春上花枝确实是一种“不知”，它仿佛是没有预告的电影，默默地上映，镜头一瞥，就是阳光灿烂花团锦簇了。

比较长期而固定的剧本，是百货公司打折的招牌，从八折、七折、五折、三折，忽然打到一折了，那打折的不仅是服装，而是一点一点在飘去的冬季，冬季都打到一折了，春天就要从那谷底生发出来。

对于服装的价格与美学，因为打折而被混淆了。本来我们应该选择那些精美的服饰，买上少数的几件，却往往因为贪求便宜，而买了许多品质不是很好，自己不是很喜欢的东西。由于外在环境的打折，我们对于美的要求也随之打折，心灵也跟着打折了。

其实，对于季节，或是心灵的创发，我们应该有一种决然的态度。现在既然是春天了，与其逛街去闲置冬装，还不如脱下重装，体验一下春天的自由与阳光。因为去年的冬天已不可追回，今年的冬季还寄放在无何有之乡。

有一个禅故事可以说明这样的心情：

一粒榕树的种子偶然落在地里，它对自己生命的未来感到迷惑，抬起头来看见一棵百年的榕树——它的母亲——正昂然地站立在蓝天的背景下。

种子说："妈妈，您怎么能如此伟大地站立在大地之上呢？"

榕树说："这不是伟大，只是一种自然的生长呀！我们在季节中长大，吸收雨露阳光，甚至接受狂风与闪电的考验，每一粒榕树的种子，只要健康就会长大，你也一样呀，孩子！"

种子说："可是，妈妈，为什么我一直都住在如此阴暗潮湿的土地呢？我要如何才能像您一样挺立呢？"

"首先，我的孩子，你必须要消失，把自己融入泥土里，然后发芽，变成一棵树，有一天你就能像我一样，享受蓝天、阳光与和风呀！"

"妈妈，我要先消失，这多么的可怕呀？万一我消失融入土里，没有长成一棵树，而变成一点泥土呢？这样太冒险了，还是让我保留一半是种子，一半长成树木吧！"

种子于是自己做了这样的主张，只选择了一半的消失，妈妈长叹一声。不久，那榕树的种子变成泥土，完全地消失了。

生命的成长，季节的成长也是这样子的决然的。一个人如果没有全身心投入此刻的融入，真实的发芽就变成不可能。一粒种子如果不全心地消失，就不会从内在最深处长出芽来。

因此，我们的生命不能打折！

季节里年年都有冬季，人生里不也是常常面对着寒冷的冬季吗？泉自冷时冷起，峰从飞处飞来。在那无限的轮替之中，有没有一个洞然明白的观照呢？

人间照夜的灯火，是来自红炉中雪融的时刻。让我们以一种泰然欣赏的态度走过打折的市招，让我们知道生命的真实之道，是如实知见自己的心，没有折扣！

（《作家文摘》2017 年总第 2090 期，摘自《平常心，观自在》，林清玄著，长江文艺出版社 2017 年 7 月出版）

你在大雾里得意忘形

铁 凝

那时的清晨，我在冀中乡村，在无边的大地上常看见雾的飘游、雾的散落。看雾是怎样染白了草垛、屋檐和冻土，看由雾而凝成的微小如芥的水珠是怎样湿润着农家的墙头和人的衣着面颊。雾使簇簇枯草开放着簇簇霜花，只在雾落时，橘黄太阳才从将尽的雾里跳出地面。于是大地玲珑剔透起来，于是不论你正在做着什么，都会情不自禁地感谢你拥有这样一个好的早晨。太阳多好，没有雾的朦胧，哪里有太阳的灿烂，大地的玲珑？

后来，我在新迁入的这座城市度过了第一个冬天。这是个多雾的冬天，不知什么原因，这座城市在冬天常有大雾。在城市的雾里，我再也看不见雾中的草垛、墙头，再也想不到雾散后大地会是怎样一派玲珑剔透。城市的雾只叫我频频地想到一件往事，这往事滑稽地联着猪皮。小时候，邻居的孩子在一个有雾的早晨去上学，过马路时不幸被一辆雾中的汽车撞坏了头颅。孩子被送进医院做了手术，出院后脑门上便留下了一块永远的“补丁”。那补丁粗糙而明确，显然地有别于他自己的肌肤。人说，孩子的脑门被补了一块“猪皮”。

每当他的同学与他发生了口角，就残忍地直呼他“猪皮”。猪皮和人皮的结合这大半是不可能的，但有了那天的大雾，这荒唐就变得如此地可信而顽固。

城市不同于乡村，也包括诸多联想的不同。雾也显得现实多了，雾使你只会执拗地联想包括猪皮在内的实在和荒诞不经。城市因为有了雾，会即刻实在地不知所措起来。路灯不知所措起来，天早该大亮了，灯还大开着；车辆不知所措起来，它们不再是往日里神气活现的像煞有介事，大车、小车不分档次，都变成了蠕动，城市的节奏便因此而减了速；人也不知所措起来，早晨上班不知该乘车还是该走路，此时的乘车大约真不比走路快呢。

我在一个大雾的早晨步行着上了路，我要从这个城市的一端走到另一端。我选择了一条僻静的小巷一步步走着，我庆幸我对这走的选择，原来大雾引我走进了一个自由王国，又仿佛大雾的洒落是专为陪伴我的独行，我的前后左右才不到一米远的清楚。原来一切嘈杂和一切注视都被阻隔在一米之外，一米之内才有了“白茫茫大地真干净”的气派，这气派使我的行走不再有长征一般的艰辛。

为何不做些腾云驾雾的想象呢？假如没有在雾中的行走，我便无法体味人何以能驾驭无形的雾。一个“驾”字包含了人类那么多的勇气和主动，那么多的浪漫和潇洒。原来雾不只染白了草垛、冻土，不只染湿了衣着肌肤，雾还能被你步履轻松地去驾驭，这时你驾驭的又何止是雾？你分明在驾驭着雾里的一个城市，雾里的一个世界。

为何不做些黑白交替的对比呢？黑夜也能阻隔嘈杂和注视，但黑夜同时也阻隔了你注视你自己，只有大雾之中你才能够在看不见一切的同时，清晰无比地看见你的本身。你那被雾染着的发梢和围巾，你那由腹中升起的温暖的哈气。

于是这阻隔、这驾驭、这单对自己的注视就演变出了你的得意忘形。你不得不暂时忘掉“站有站相，坐有坐相，走有走相”的人间训诫，你不得不暂时忘掉脸上的怡人表情，你想到的只有走得自在，走得稀奇古怪。

我开始稀奇古怪地走，先走他一个老太太赶集：脚尖向外一撇，脚跟狠狠着地，臀部撅起来；再走他一个老头赶路：双膝一弯，两手一背——老头走路是两条腿的僵硬和平衡；走他一个小姑娘上学：单用一只脚着地转着圈儿走；走他一个秧歌步：胳膊摆起来和肩一样平，进三步退一步，嘴里得念着“呛呛呛，七呛七……”。走个跋山涉水，走个时装表演，走个青衣花衫，再走一个肚子疼。推车的，挑担的，背筐的，闲逛的，都走一遍还走什么？何不走个小疯子？舞起双手倒着一阵走，正着一阵走，侧着一阵走，要么装一回记者拍照，只剩下加了速的倒退，退着举起“相机”。最后我决定走个醉鬼。我是武松吧，我是鲁智深吧，我是李白和刘伶吧……原来醉着走才最最飘逸，这富有韧性的飘逸使我终于感动了我自己。

我在大雾里醉着走，直到突然碰见一个迎面而来的姑娘——你，原来你也正踉跄着自己。你是醉着自己，还是疯着自己？感谢大雾使你和我相互地不加防备，感谢大雾使你和我都措手不及。只有在雾里你我近在咫尺才发现彼此，这突然的发现使你我无法叫自己戛然而止。于是你和我不得不继续古怪着自己擦肩而过，你和我都笑了，笑容都湿润都朦胧，宛若你与我共享着一个久远的默契。从你的笑容里我看见了我，从我的笑容里我猜你也看见了你。刹那间你和我就同时消失在雾里。

当大雾终于散尽，城市又露出了她本来的面容。路灯熄了，车辆撒起了欢儿，行人又在站牌前排起了队。我也该收拾起自己的心思和步态，像大街上所有的人那样，“正确”地走着奔向我的目的地。

但大雾里的我和大雾里的你却给我留下了永远的怀念，只因为我们都在大雾里放肆过。也许我们终生不会再次相遇，我就更加珍视雾中一个突然的非常的我，一个突然的你。我珍视这样的相遇，或许还在于它的毫无意义。

然而意义又是什么？得意忘形就不具意义？人生又能有几回忘形的得意？

你不妨在大雾时分得意一回吧，大雾不只会带给你猪皮那般实在的记忆，大雾不只会让你悠然地欣赏屋檐、冻土和草垛，大雾其实会将你挟裹进来与它融为一体。当你忘形地驾着大雾冲我踉跄而来，大雾里的我会给你最清晰的祝福。

（《作家文摘》2016 年总第 1931 期，摘自《一千张糖纸》，铁凝著，江苏凤凰文艺出版社 2015 年 5 月出版）

逼来的春天

冯骥才

那时，大地依然一派毫无松动的严冬景象，土地邦硬，树枝全抽搐着，害病似的打着冷战；雀儿们晒太阳时，羽毛乍开好像绒球，紧挤一起，彼此借着体温。你呢，面颊和耳朵边儿像要冻裂那样地疼痛……然而，你那冻得通红的鼻尖，迎着凛冽的风，却忽然闻到了春天的气味！

春天最先是闻到的。

这是一种什么气味？它令你一阵惊喜，一阵激动，一下子找到了明天也找到了昨天——那充满诱惑的明天和同样季节、同样感觉却流逝难返的昨天。可是，当你用力再去吸吮这空气时，这气味竟又没了！你放眼这死气沉沉冻结的世界，准会怀疑它不过是瞬间的错觉罢了。春天还被远远隔绝在地平线之外吧。

但最先来到人间的春意，总是被雄踞大地的严冬所拒绝、所稀释、所泯灭。正因为这样，每逢这春之将至的日子，人们会格外的兴奋、敏感和好奇。

如果你有这样的机会多好——天天来到这小湖边，你就能亲眼看到冬天究竟怎样退去，春天怎样到来，大自然究竟怎样完成这一年一度起死回生的最奇妙和最伟大的过渡。

但开始时，每瞧它一眼，都会换来绝望。这小湖干脆就是整整一块巨大无比的冰，牢牢实实，坚不可摧；它一直冻到湖底了吧？鱼儿全死了吧？灰白色的冰面在阳光反射里光芒刺目；小鸟从不敢在这寒气逼人的冰面上站一站。

逢到好天气，一连多天的日晒，冰面某些地方会融化成水，别以为春天就从这里开始。忽然一夜寒飙过去，转日又冻结成冰，恢复了那严酷肃杀的景象。若是风雪交加，冰面再盖上一层厚厚雪被，春天真像天边的情人，越期待越迷茫。

然而，一天，湖面一处，一大片冰面竟像沉船那样陷落下去，破碎的冰片斜插水里，好像出了什么事！这除非是用重物砸开的，可什么人、又为什么要这样做呢？但除此之外，并没发现任何异常的细节。那么你从这冰面无缘无故的坍塌中是否隐隐感到了什么……刚刚从裂开的冰洞里露出的湖水，漆黑又明亮，使你想起一双因为爱你而无限深邃又默默的眼睛。

这坍塌的冰洞是个奇迹，尽管寒潮来临，水面重新结冰，但在白日阳光的照耀下又很快地融化和洞开。冬的伤口难以愈合。冬的黑子出现了。

冬天与春天的界限是瓦解。

冰的坍塌不是冬的风景，而是隐形的春所创造的第一幅壮丽的图画。

跟着，另一处湖面，冰层又坍塌下去。一个、两个、三个……随后湖面中间闪现一条长长的裂痕，不等你确认它的原因和走向，居然又发现几条粗壮的裂痕从斜刺里交叉过来。开始这些裂痕发白，渐渐变黑，这表明裂痕里已经浸进湖水。某一天，你来到湖边，会止不住出声地惊叫起来，巨冰已经裂开！黑黑的湖水像打开两扇沉重的大门，把一分为二的巨冰推向两旁，终于袒露出自己阔大、光滑而迷人的胸膛……

这期间，你应该在岸边多待些时候。你就会发现，这漆黑而依旧冰冷的湖水泛起的涟漪，柔软又轻灵，与冬日的寒浪全然两样了。那些仍然覆盖湖面的冰层，不再光芒夺目，它们黯淡、晦涩、粗糙和发脏，表面一块块凹下去。有时，忽然“咔嚓”清脆的一响，跟着某一处，断裂的冰块应声漂移而去……尤其动人的，是那些在冰层下憋闷了长长一冬的大鱼，它们时而激情难捺，猛地蹦出水面，在阳光下银光闪烁打个“挺儿”，“哗啦”落入水中。你会深深感到，春天不是由远方来到眼前，不是由天外来到人间；它原是深藏在万物的生命之中的，它是从生命深处爆发出来的，它是生的欲望、生的能源与生的激情。它永远是死亡的背面。唯此，春天才是不可遏制的。它把酷烈的严冬作为自己的序曲，不管这序曲多么漫长。

追逐着凛冽的朔风的尾巴，总是明媚的春光；所有冻凝的冰的核儿，都是一滴春天的露珠；那封闭大地的白雪下边是什么？你挥动大帚，扫去白雪，一准是连天的醉人的绿意……

你眼前终于出现这般景象：宽展的湖面上到处浮动着大大小小的冰块。这些冬的残骸被解脱出来的湖水戏弄着，今儿推到湖这边儿，明日又推到湖那边儿。早来的候鸟常常一群群落在浮冰上，像乘载游船，欣赏着日渐稀薄的冬意。这些浮冰不会马上消失，有时还会给一场春寒冻结一起，霸道地凌驾湖上，重温昔日威严的梦。然而，春天的湖水既自信又有耐性，有信心才有耐性。它在这浮冰四周，扬起小小的浪头，好似许许多多温和而透明的小舌头，去舔弄着这些渐软渐松渐小的冰块……最后，整个湖中只剩下一块肥皂大小的冰片片了，湖水反而不急于吞没它，而是把它托举在浪波之上，摇摇晃晃，一起一伏，展示着严冬最终的悲哀、无助和无可奈何……终于，它消失了。冬，顿时也消失于天地间。这时你会发现，湖水并不黝黑，而是湛蓝湛蓝。它和天空一样的颜色。

天空是永远宁静的湖水，湖水是永难平静的天空。

春天一旦跨到地平线这边来，大地便换了一番风景，明朗又朦胧。它日日夜夜散发着一种气息，就像青年人身体散发出的气息。清新的、充沛的、诱惑而撩人的，这是生命本身的气息。大地的肌肤——泥土，松软而柔和；树枝再不抽搐，软软地在空中自由舒展，那纤细的枝梢无风时也颤悠悠地摇动，招呼着一个万物萌芽的季节的到来。小鸟们不必再乍开羽毛，个个变得光溜精灵，在高天上扇动阳光飞翔……湖水因为春潮涨满，仿佛与天更近；静静的云，说不清在天上还是在水里……湖边，湿漉漉的泥滩上，那些东倒西歪的去年的枯苇棵里，一些鲜绿夺目、又尖又硬的苇芽，破土而出，越看越多，有的地方竟已簇密成片了。你真惊奇！在这之前，它们竟逃过你细心的留意，一旦发现即已充满咄咄的生气了！难道这是一夜的春风、一阵春雨或一日春晒，便齐刷刷地钻出地面？来得又何其神速！这分明预示着，大自然囚禁了整整一冬的生命，要重新开始新的一轮竞争了。而它们，这些碧绿的针尖一般的苇芽，不仅叫你看到了崭新的生命，还叫你深刻地感受到生命的锐气、坚韧、迫切，还有生命和春的必然。

（《作家文摘》微信公众号 2020 年 2 月 26 日，转载自公众号“民国文艺”）

我懂鸟语

张执浩

四月的某个清晨，我被楼下送奶工摇晃的车铃声和叮当作响的玻璃瓶的碰撞声给弄醒了，再也无法入睡。窗外天光蒙昧，杂树成林，春风路过的声音细碎而轻巧。由于连日阴雨，我以为阴雨还在，便凝神谛听户外的动静，不料没有听见雨声，倒是被突然灌入耳间的某声呼唤吓了一跳——恍惚中，我隐约听见有人在叫唤我的名字，声色碧脆而短促，再听，却发现原来是林间鸟鸣。但我的名字肯定是被叫到了的，至于是什么鸟在叫，却不得而知。

那天，我破例起了个大早，只为干一件事——在纸上记下这个涌现在脑海的句子："我懂鸟语，我不计较你们的聒噪"。

转眼就到了五月，铺在书桌上的那张写满潦草字迹的纸已然泛黄，而那首诗还没有成型的迹象。作为一个"热爱床和厨房的人"，这真是一个接一个春风沉醉的日子，我呵欠连天，却又浮想联翩。但我得承认，这段时间以来，我一直在偷听鸟们的谈话。我详细记下了每天第一只鸟鸣叫的时间，以及所有鸟鸣声消散的时间，我总是在它们开始欢叫之前醒来，又在它们销声匿迹后再度睡去。我不知道这个季节、这个世间还有谁和我一样，这么乐此不疲地专注于这样一类物种的声息，但我猜想，我或许是这片杂树林附近唯一懂得它们谈话内容的人。

“张——执浩”——一声长两声短；要么，“张执——浩”——两声短一声长。是的，我真的不止一次听见有鸟这样唤我，我也真的无数次从床头一跃而起，凑近窗口，望着晦暗不明的黎明夜色，想大声回应它：“哎！”然而，唉，每次我都只是轻启唇角，嗫嚅作罢。塔松、樟树、玉兰、枇杷、水杉、悬铃木……在天亮之前，它们有着惊人相似的轮廓；攀雀、白头鹎、山椒鸟、画眉、红黄腹角雉、啄花鸟、麻雀……在人类醒来之前，它们的快乐完全雷同。究竟是哪一只鸟，在哪一棵树上叫唤我，为什么它会叫出我的名字，它究竟想对我说什么？疑虑在逐日加深，为了倾听，我不得不将长期侧卧的睡姿改成了平躺，以便张开双耳捕捉它们的信息。

大约是在谷雨前后，布谷鸟的叫声出现在了窗外，它的出现改变了先前杂树林里鸣鸟们单一的音色，在这支清一色的弦乐队伍中，布谷鸟的叫声恍如一把黑管，低沉，雄浑，使整个乐队由演奏前夕的叽叽喳喳瞬间变得沉静肃穆起来。婉转的依旧婉转，碧脆的仍然碧脆，但再也不是往日散乱的玉珠口技，它们汇合在一起，彼此混杂，又仿佛被某根结实的线绳串连在了一起，如同花环一般挂在了这个暮春的门廊下。我在白天留意过楼下那些越来越肥厚的叶片，杉针由细变粗，玉兰叶渐趋密实，蓓蕾绽放，一些果实从绿叶的掩映中渐渐显身……我留意过，这些白天高于我头顶的事物，但每当夜幕降临，又总会忆起多年前我在某座孤岛上所见到那一幕：几乎也是在同样的季节，我将自已从人群中抽离出来，独自去了漳河水库中央的那座观音岛上，我曾以写作之名在那里盘桓多日。每天清晨，我都会被对面另外一座小岛上的动静弄醒。在观察了很久之后，我才发现那里居然栖落了成千上万只乌鸦，密密麻麻的乌鸦落在密不透风的梨树林上，远远看去每一只乌鸦都酷似一片树叶，它们不鸣叫，它们沉默着站在黄昏笼罩的树梢上面，而那所谓的“动静”不过是一颗颗滴溜溜转动的眼珠。每当晨曦铺满湖面，捕鱼人敲打着小木船的船帮前来收网，乌鸦们振翅飞离，这一刻梨树林也仿佛被它们提升了起来，犹如一张大网撒向空中……我在岛上滞留数天，终究不着一字，因为我是带着虚构之心去那里的，然而，却在那里看见了人世间难得一见的真实，以至于猝不及防。是的，真实总在虚构的边缘陡然现身而出，一如我听见你在叫唤我的名字，我并不清楚你是谁，但我确信，你叫醒我只是为了让我醒来，多看一眼这别样的世界，那个世界里没有嘈杂和喧哗，只有送奶工摇晃着的自行车轮轴转动声，以及清洁工的扫帚拂过大地的声音。

“……一只鸟说话表达出所有鸟的想法／一只鸟自问自答／你突然听见自己的名字／被叫了出来／你突然发现内心的想法／被它猜到／你突然不想做人／星月蒙昧，似春非春／送奶工叮当着由近及远／这时候／你的孩子梳洗完毕代表着一代人／已经梳洗完毕／你的妻子已经备好早餐代表着／所有的家庭开始升温……”

终于在一天早晨，我掀开被子，径直走到书桌前，写下了以上诗句。

当我放下笔的时候，窗外的鸟鸣声已然止息。阳光已经穿过树木与树木、树枝与树枝之间的间隙，箭矢一般射在钢筋水泥的大地上，箭镞委顿一地，顺势流淌开来。人间由此沸腾起来。这是我的人间：婴儿寻乳，孤儿凄惶，乞丐觅食，魍魉四窜；当然也有奇异的彩虹和情侣的呢喃，以及你我一直置身其中的温暖、良善和慈悲。

（《作家文摘》2020 年总第 2328 期，摘自《一只蚂蚁出门了》，张执浩著，花山文艺出版社 2020 年 1 月出版）

重回土城公园

肖复兴

门口变得很窄，为防止自行车进入，曲形铁栏杆的入口只能容一个人进出。迎面原来是一片地柏，已经没有了，右手一侧的土高坡还在，那就是元大都的城墙，土城因此得名。三十二年前，我家住在土城旁边，走路两分钟就到。这一道土城如蛇自东向西逶迤而来，上面只有稀疏零落的树木和荆棘，风一刮，暴土扬尘，名副其实的土城。四围正在修路，土城公园也在绿化布局。那时候，我的孩子才四岁多一点，土城公园成了他的乐园，几乎天天到那里疯玩。一直到他读小学四年级，全家搬家。

今年夏天，孩子从美国回来，想去看看他的这片儿时的乐园。他自己的孩子都到了当年他自己最初见到土城公园的年龄，直让人感慨流年暗换之中人生的轮回。

我陪孩子重回土城公园，正是合欢花盛开的时节。记得那时候进得公园穿过土城，下坡处的一片空地上，便栽有好几株合欢，这是土城公园留给我最深的记忆。合欢盛开的夏天，我曾经指着开满一片绯红云彩的合欢树，对刚刚读小学的孩子说：这树的叶子像含羞草，到了晚上就闭合，第二天白天自己又会张开。孩子眨眨眼睛，不信，晚上一个人从家里悄悄跑来，看到满树那两片穗状的叶子果真闭合了，兴奋异常，像发现了新大陆。

从四岁多到十一岁读四年级时转学，孩子不到土城公园已经二十六年。我也二十六年未到土城公园了。对于孩子，成长的背景中，土城公园是浓墨重彩的一笔；对于我，因对于孩子曾经的重要性而连带得成为我人生之书一页色彩浓郁的插图。

有时候，大人其实很难理解孩子的心。对于事物的好与坏、高级与低级、好玩与不好玩、平常与不平常、丰富与简陋……孩子的价值标准和家长的并不一样。孩子大学毕业离开北京到美国读书后，我曾经翻看他留下的日记和作文，那里有许多地方不厌其烦地记述着、诉说着、倾吐着、回忆着、留恋着土城公园那一片他童年的天地，令我格外惊讶，没有想到家楼后面这座普通的土城公园，对于一个小孩子的成长，居然作用如此巨大。对于一个独生子女，土城公园，不仅成为陪伴他玩耍的伙伴，也成为伴随他成长的一位长者或老师，甚至像童话里的魔术师，可以点石成金，瞬间怒放他正渴望的满天星斗。

“小时候，我家楼后便是元大都遗址，虽也算是文化古迹，其实没什么可以游览的，只有一座不高的山坡和树木了。但那里昆虫特别多，也就成了我的乐园。童年像梦一样，我的童年是在大自然中和小动物和昆虫一起度过的。夏天，是我最快乐的时候。因为昆虫在这时候特别多。

“雨前捉蜻蜓、午后粘知了、趴在草丛里逮蚂蚱、找来桑叶喂蚕宝宝……最有趣要算是捉瓢虫了。我钻进铁栏杆，就来到元大都遗址的后山，树荫下是一片小草，草尖是青的，草根是绿的，草中夹杂着蒲公英，黄色的小花像米罗随意撒了几点黄。远远地，就能看见在那绿和黄中间零星的几点红，走近了，这就是瓢虫，像玩魔术一样和我捉迷藏。蹲下身，睁开眼，啊，就在身边的花上、草上呢！瓢虫的壳大多是红色的，但壳上的星的多少却不同，有一星、二星、七星、二十八星的，星数决定了它们的种类。小时候，富于正义感，这片草地就是我伸张正义的舞台。小心地把瓢虫从草叶山和花中挑出来，仔细地数它们背上的星。小孩的心总是更善良，生怕害了好人，如果是二十八星的，我就就地处决，攥起小拳头狠狠地说：'让你吃小草！'心里轻松极了，像做了一件大好事，大快我心。有一次错害了七星的，心里着实难过了好几日，发誓下次要再认真数星星。如果是七星的，我就一只只捉来，攒到一大把，张开手向天空一扔，就像放了星星，放飞了一颗颗红色太阳。天便红了，脸也红了，我便醉了，醉在漫天飞舞的瓢虫之中了……”

这是孩子初三时的日记。说实话，看完之后，我很感动。只有孩子才会有这种感情。我们大人还能有这种心境吗？我会精心去数二十八星的瓢虫，然后把它们就地处决吗？我能放飞那一只只七星瓢虫而感觉出是在放飞一颗颗红太阳吗？在孩子童年那些岁月里，我和孩子其实是一样天天也从那片土城公园走过，我却从未看见过一只瓢虫，自然也就看不见漫天飞舞的红太阳的童话世界了。

“小时候，家里没什么玩具，更没什么游戏机。和我相伴最多的也是我最爱的就是楼后元大都土坡上的树、草和树间草间的小生命了。或许，小孩都是爱小动物的，望着、捉着那些小生命，总让我想起普里什文和列那尔写过的树林和动物的文字，幻想着身边的这个废弃的小土坡会不会变成文中写的那种样子呢？晚上会不会也‘没来由地飘下几片雪花，像是从星星上飘下来的，落在地上，被电灯一照，也像星星一般闪亮’？晚上十点左右，会不会‘所有的白睡莲也会个个争炫斗巧，河上的舞会就开始了’呢？……那里不高的山坡，山上那一片浓郁的树林和山下几丛常绿的地柏，以及藏在草丛里的那些小生命，就是我童年全部美好的回忆了。它影响我整个的审美情趣和对人生理想的探求方向。我认为我童年美好的一切都在那一片不大的公园、一座不高的山上山下了。”

这两段日记，给我留下很深的印象，在去土城公园的路上，再一次想起。我和孩子一路都没有说话，不知道他的心里是否也想起了他自己写过的话？只看见他带着他的孩子跑进公园，先爬上了土城墙，像风一样，从这头一直跑到了那头，然后，从那头走下来。公园里的树木都长高了，长密了，浓荫匝地，将燥热的阳光都挡在外面，偶尔从树叶缝隙晒下来几缕阳光，也变成绿色，如水轻轻荡漾，显得格外轻柔凉爽。远远的，看着他领着孩子，从浓密的树荫下一步三跳地向我走过来的情景，仿佛走来的是我领着读小学的他。人生场景的似曾相识，在重游故地时会格外凸显，仿佛真的可以是昔日重现，却已经是人事有代谢，往来成古今。不过，土城公园，确实对于孩子不可取代，起到了家里父母和学校老师起不到的作用。是它让孩子能够学会听得懂小虫子的语言，看得懂花的舞蹈，嗅得到树木的呼吸，和七星瓢虫对话，幻想着树林中童话和河上的舞会……

可惜，孩子没有找到他童年最心爱的七星瓢虫，他带着他的孩子在他童年曾经非常熟悉的草丛中仔细寻找了好多遍，都没有找到。

我也没有看到一株合欢树。公园入门后下坡处那一片空地上，没有了。我沿着公园找了一圈，没有找到。

（《作家文摘》2016 年总第 1972 期，摘自 2016 年 9 月 8 日《北京日报》）

罗布泊的春天

李　迪

春天来到了没有春天的罗布泊。

极目四望，寸草不长，漫漫荒漠，无尽凄凉。

罗布泊是蒙语译名，意为“汇水之地”。这里是塔里木盆地最低洼处，孔雀河、车尔臣河、塔里木河、疏勒河，四面八方的河奔涌而来，变蛮荒为水乡。

绿林环绕，百花盛开，牛马成群，生命绽放。

然而，人们一度筑坝截流，疯狂水利。上游来水减少，绿洲日渐干涸。最终，滴水无存，人烟断绝，春风不度，飞鸟不来。

“汇水之地”成了“死亡之海”。

20 世纪 80 年代，科学家彭加木在此失踪，国家出动了飞机、军队、警犬，地毯式搜索，一无所获；近年，探险家余纯顺在此失踪。飞机找到尸体时，已死亡五天，面朝老家上海。

多少悲壮的故事，给这片戈壁荒原披上神秘而恐怖的面纱。

汇水退去，呈现盐壳，罗布泊成了超级钾盐储藏地。建矿修厂，开采钾盐，少不了机械、车辆，也就少不了加油站。2002 年 10 月，中石油在罗布泊建起第一个加油站。

三间彩钢房，一座加油棚。彩钢房，挡不住太阳，也挡不住风。一场沙尘暴下来，屋里全是沙。睡觉起来，床上是一个人形。

2007 年 5 月 13 日，前任站长走了。我来了。我来了，一干就是八年！四个人一条狗。过第一个春节时，我哭了。

老站长孙富民说起往事，一脸沧桑——

没去过的人想象不到，一望无际的戈壁滩，连半根草都没有，更别说树了。当地人说，有草有树，就不是罗布泊了。

开始我还不懂，罗布泊为啥不长草？后来，听勘探队的人说，地下一百四十米全是盐，一百年也挖不完，那还能长啥？

我不甘心，就试着种。从一百多公里外拉来土，把油桶割掉一半盛上土，这回总没盐了吧。可是，不管种什么，没几天就蔫了。

有盐的土养不活。

没盐的土也养不活。

“死亡之海”连空气都容不得绿！没绿就没绿吧，更难过的是——没水。没电。没路。没人。除了我们，难见活物。

尽管一天加不了几辆车，但这里绝不能没油站！有了油站，车辆、厂矿、工地，包括数得过来的几户人，就都有了指望。一句话，罗布泊活了。

中石油在这里建站，不为挣钱，只为贡献。让祖国大地每个枝节末梢，都有呵护生命的血液。

进站那年，我二十八岁。站里算上我就四个人，都是男的。戈壁滩没有女人，连苍蝇都是公的。镇长送给我一只狗，德国黑背。来的时候很小。他说，狗是伴儿，有它你们不寂寞。不然你们累了一天，不想说，没话说。日子长了，连话都不会说了。

镇长说得没错，人和人需要交流。我们每天干得又累又渴，真的不想说话，也没得说。这时，狗来了，围我们转圈儿，逗我们玩儿。我们就跟它说话。我带狗出去遛，剩下的三个员工就干坐着。公司领导来看我们，带来吃喝，我们很高兴。领导问一句，我们答一句。不问，不答，两眼盯着吃喝。

领导说："咋不吭气？"

我说："惯了。"

不爱说话，成了罗布泊人的通病。有人说这叫"荒漠综合征"。

别说领导来了没话说，就是回到家也没话说。我进来时，儿子还不到三岁。路太远，我半年也回不了家，回去儿子都不认识了，躲远远的。好不容易在家住了一礼拜，刚熟，又走了。半年后再回去，他根本不理我。跟我没感情。

当初，油站建成后，第一车油是从库尔勒运来的。运油的人背了两百个馍馍，五百多公里走了十五天！

为啥？没路。

不但没路，也没信号，全靠运气。我被撂在半路十多次，又派人来找。从油站去公司，出发前我得提前说一声，我啥时候走的，大概啥时候到。如果不到，就派人来找。找不着活人，就收尸。

我开着越野车，在茫茫戈壁滩孤独行走。辨别不清方向，只好走一公里就停下来，在沙包上绑个红布条，找不到路就找红布条。就这样，我还迷失过几次。印象最深的一次，差点儿送了两条命。我带员工小刘开车从罗布泊出来，才走了八十公里，轮胎后面的钢板就断了，走不成了。不能等死，只能回去喊人。我把水给了小刘，说我去喊人。他说："我去！"我说："我是站长听我的，你在这儿等着，太阳出来就躲车后去，中午趴到车底下。这两瓶水要省着喝，准备撑两天，可不敢一会儿就喝完了。"离开小刘后，我走了十几公里就迷路了。又热，又渴，又累，一头栽倒在沙子里。我想，我可能活不了了，余纯顺就是这样死的。正在绝望之时，来了一辆矿山的车，把我救了。我来到矿山，给派出所报警。所长赶紧带人赶过去。赶到的时候，小刘已经虚脱，再晚一步，人就没了。

从那以后，我就养成了习惯，来加油的，不管认不认识，都要问一声："师傅，你到哪儿去？"如果说去玩，我就说："你别去了，有可能把命玩丢了。"如果说去探险，我就问："东西带得全不全？水要带够，油要带够，手机号要留下。"很多人不知道水的宝贵，一仰脖儿就光了。我看到这样喝水的就生气，说："你不要这样喝，水是救命的！"他问："那咋喝？"我说："抿一口就得，留着万一。出事都在路上，车一坏，一躺说不定几天，没水咋弄？不是吓唬你，到时候想喝自己的尿都没有！再有啊，遇到沙尘暴，就把车熄火，抱着吃的喝的等待救援，千万不能再走。逆风走不动，顺风走着走着，人就没了！"

八年时间，我把罗布泊方圆几百公里都跑遍了。联系客户，问询需求，送油上门。油也送到了，路也摸熟了。每走一处都留下我的手机号。我的手机二十四小时不关机。不管为啥事，随时可以找到我。

"是孙站长吗？"

"我是孙富民，有啥需要帮助的？"

"我们没有油了，出不去了。"

“你们的位置在哪儿？对方一说位置，我就说，我知道，等着我吧！”

有时候半夜两三点来电话：“孙站长，我们迷路了！”

“别急，告诉我你们现在的方位！”

对方大概说个方位，我心里就明镜似的，带上救济开上车，找到人，一直把他们带到路口。“走吧，兄弟！”

跟没路一样，没水同样困扰着我们。我刚去的时候，要买水，六十块钱一方，买完雇车拉到站里。里外里，水贵如油。我就把用水控制在一个月三方，每人每天一暖壶，吃喝洗刷就它了。洗脸像猫，抹两下就得，洗澡更是做梦。别说洗澡，连洗脚都不行。我规定不许洗脚，洗完脸水留着，给狗喝。它太可怜了，舌头整天伸着。所以，戈壁滩没有女人。男人不洗澡，臭就臭。女人不行。

没水都能凑合，关键是没电。来车加油了，就打着柴油发电机发电，发好电了再加油，加完油就关机。为省柴油，也为省机器。白天加不成油，地表温度高，汽油都挥发了，出来的全是气。咋办？晚上干！白天休息，晚上通宵营业。周固要加油的都了解，天不黑不来。白天偶尔有从外面来的，就敲我们的门。所以，白天睡不好，晚上没觉睡。作业的方法很古老，先提一桶水，浇到加油机上降温排气，然后发电加油。加完油就没电了。谁能想得到没电的日子怎么过？可我们就是这样过来的！白天太阳借光，晚上星星点亮。

工作难，生活也难。自己做饭吃，洋白菜，土豆，就吃这个。总吃这个！把人都吃成了土豆。送菜的进来，天这么热，别的菜也带不成。

说实话，天太热了，也不想吃饭。光喝水，人都肿了。早上五点半出太阳，彩钢房晒一个小时就成了蒸笼，根本待不住。温度计往地上随便一插，就是七十多摄氏度。

日子再难，我们也没一个怂的。坚守油站，坚守罗布泊。

罗布泊的太阳毒，晒都能把人晒死。彩钢房热得不能住，我们就挖地窝子，钻到地下去。先挖四五米，形成一个宽敞的下沉区域，铺一层水泥地面，然后横向挖洞，盖几间小房。撑上木头，砌上砖，老结实了。

钻进地下，人和狗都凉快了。

俗话说，儿不嫌母丑，狗不嫌家贫。我们这儿是狗不嫌日子苦。初来时，镇长送的德国黑背是一只母狗，我起名叫老布，是在地窝子里养大的。它看家相当可靠，来人加油它不咬，但油站的东西你不能动，就是捡个空矿泉水瓶子也不行，你不放下就咬你。养了三年，下了七八窝，到处都来要。都喜欢这个品种。可以说，罗布泊的狗都是它的后代，个个是英雄狗。可惜，后来得了病，又没兽医站，死了。派出所当初要了两只小狗，看老布没了，又还回一只，我起名叫小布。

小布特别懂事。我把它养大，它跟我特亲，走哪儿跟哪儿。每天必须看我两遍，看不到不行。我在地窝子里睡觉，它来敲门，不开不行，拿爪子扒拉，把漆都扒掉了。我赶紧起来给它开门。它看到我了，放心了。我拍拍它，它就走了。干啥去啦？守油站去啦。在门前一卧，跟门神一样。后来，我干脆不锁门了，随便它进来秀恩爱。我每次出门办事，它都要送我十几公里，跑到拐弯那儿，跟不上车了才跑回去。我出门前样样交代好，给它留吃的喝的，特别是水。不断水，狗就没事。小布也生过两次病，差点儿死了。我就给它打消炎针。它腿上有个疤，是我打针打坏的。过后我才知道，不能往腿上打，要往脖子上打。我流着泪抢救，到底救过来了。小布长得又高又大，帅哥一个，不少人要买。我说不卖，给多少钱也不卖。他们说："你就卖了吧，我们带出去能让它吃好的，吃肉。你看跟你吃的啥呀，剩菜剩饭，连肉渣儿都没有。"听他们这样说，我心里很难过。是啊，小布跟着我没过上一天好日子，老布更是了。我抱着小布，摸着它的头："小布，我对不住你，让你受委屈了，要不你离开这儿吧。"小布听懂了，两眼湿湿的，往我的怀里扎。我说："好吧，你不走，我也不走。"凄风苦雨，我们在一起。后来，小布有了自己的孩子。2012 年，它老死了。

它最后看我的那一眼，我一辈子都忘不了！我哭了一整天，把它埋在了老布的身边。小布的孩子又接班了，跟我们一起坚守。老布、小布，小小布，三代狗，前仆后继，陪伴了我们十几年。

从没水、没电、没路、没人的苦难岁月，一直陪伴到现在，有了水、有了电、有了路、有了人，有了新的加油站，有了年轻的站长！

冰天雪地的严冬过去了，春天来到了罗布泊。

谁说罗布泊没有春天？

两只斑鸠不知从什么地方飞来，在油站的雨棚下搭了一个窝。

啊？这里没草叶，也没树枝，它们用什么搭的窝？

我定睛看去，突然，哗的一下，泪水冲了出来！

我不敢相信！我泪流满面！我放声大哭！——它们用工地上的铁丝搭了一个窝！

（《作家文摘》2019 年总第 2215 期，摘自 2019 年 2 月 25 日《中国艺术报》）

土离我们还有多远

鲍尔吉·原野

花日村在大雁山的后边。“花日”就是花儿，蒙古语“花”的音译。蒙古语中，“花日”是花，“讷日”是名字，“觉日”是画，“怒日”是脸蛋子，“夏日”是黄，“穆日”是脚印，“海日”是珍惜，都好记。

“为什么叫花日村？”我问吉雅泰。“花日是外号，这个村的人爱种花，实际上叫大雁村民组。”吉雅泰回答。

花儿、大雁，这些名字都好听，淳朴而遥远。我们走上大雁山顶往下看，花日村没什么花，每家门口有三四棵柳树。房子没铺瓦，屋顶的泥巴被太阳晒褪色了，燥白。土埋在地里原本都是新鲜的黄色，也氧化了。进村，见每家窗下摆四五个木制箱子。不是蜂箱，是花箱。

冬天卖橘子的木制包装箱，里边垫一层塑料布，盛土栽花。这些土可了不起。吉雅泰说，草原没有土，是图卜勋老汉套驴车从外地拉来的土。

草原没有土吗？这真是个奇怪的说法。然而，草原真的非常缺土，或者说绿浪翻滚的草原只有薄薄一层表皮的土。这层土珍贵呀，它是无数青草用根须编结的半尺厚的土毯，是草原的衣裳，下面的流沙无止无休。

蒙古人珍惜草原，包括珍惜这一层薄薄的土，它是草原有血有土的皮肤。剥掉这层皮，草原就死了。野花在草原盛开，野花只用它自己脚下的一盅土。它怀抱自己的土，死后又用枯萎的枝叶填充自己用过的土。除了土，野花一生什么也没有，它们知道报答。

牧民们不挖草原的土栽花。要想栽，自己去弄土吧。就像花日村每家门前摆的木箱子，土像在河床里那样细腻，挤在木箱里，举着娇艳孤独的花朵，如礼物。

图卜勋的家住在村子最东边，比别的家低矮。屋顶西北角已经露天了，还没用泥抹上。门口大鹅叫，老人猫腰从门口走出。他身高一米八多，开口笑，两撇灰胡子从上唇垂下来。

看花来了，吉雅泰说。嗨，都是乡下的花。图卜勋双手在裤线上蹭。他的花木箱放在窗台上，一箱秋海棠，紫红的花瓣像蜡做的；一箱三色堇，也叫猫脸花，每朵花上有蓝、黄、白三种颜色。

这是什么花？我问。太阳花嘛。老汉说，它的脾气很怪，太阳出来才开花，红的黄的小花。老汉指着那箱高棵的花，这是指甲花。春天的时候，苗是红梗就开红花，白梗开白花，它们不骗人。

“养花的土是你用车拉来的吗？”我问。“是，我干不动活了，套驴车拉点土，送给各家种花，也有种柿子的。”老汉回答。“咋不上草原取土？”我问。“那不行，咱们从来不挖土，土就像肉一样，咱们不破坏它。”“什么人破坏土？”“唉，”老汉叹气，伸胳膊指门外，“外边来的人都破坏土。开矿呀、种西瓜、种药材，第二年再换地方。种过地的土全都沙化了。开矿更完了，河都完了。”

“你拉的土是从哪儿破坏来的？”吉雅泰开玩笑问他。“我的土不是破坏。”老汉挺直腰板说。“春天，西拉木伦河的冰化了，发大水。水退了，岸边留一尺厚的淤泥，我套车把泥拉回来。挖泥也不要在一个地方挖，第二年发水，让挖过的地方淤平。”

“离这儿远吗？”吉雅泰问。“远，西拉木伦河离这儿五十多里路呢。”名叫咪咪的细腰黄狗跑来，坐在地下看老汉伸出的手指。

绕到房后，我大吃一惊，驴车上扣一个驾驶楼。铁皮钻眼，穿牛皮绳子系在驴车驾杆上，驾驶人坐在铁皮楼子前面。现代化，老汉说。

小毛驴拴在车边上，低头吃帆布袋子里掺黑豆的干草。图卜勋套毛驴，咪咪和瑙浩（小黑猫）迅捷地钻进驾驶楼，坐在人造革长椅上，从风挡玻璃里严肃地向外看。

“你们坐上吧，绕村子转一圈。”老汉邀请。“不坐啦。”我们辞谢。

毛驴抬头，仿佛闻空气有什么味道。南风捎过来草的气味，我想起西班牙诗人希梅内斯写给小灰毛驴普拉特罗的诗：

这路边的花多美呀。
许多牛啊、羊啊，还有人，
从这些美丽的花旁走过。
而花呢，仍旧立在路旁。
花的一生就是春天的一生。
然而普拉特罗，
如果我们让这些花在秋天也为我们开放，
用什么办法让它们永远鲜艳呢？

我见过爱钱财、爱肴馔以及爱珠宝的人。我也见过爱土地的人，图卜勋老人是我见到的最爱泥土的人，仅仅是土，就让他欢喜不尽。村里像蜂箱一样栽着鲜花的土，是他赶车从河边拉来的。而草原上的土，在他眼里是一片不能触碰的血肉。

（《作家文摘》2017年总第2096期，摘自《民族文学》2017年第6期）

暗色的面

雷平阳

美国人约瑟夫·洛克三十八岁时，也就是1922年来到中国西南，并以丽江为圆心，穷尽了他生命中的最后的二十七年时光。他于1947年在美国哈佛大学出版社出版的《中国西南古纳西王国》一书，被学术界称为“涉及纳西族宗教及濒于泯灭的古代纳西语言文化的不朽巨著”。这一个男仆的儿子，虽然后来是以研究古纳西王国而跻身于不朽者行列，可最初他却是以植物学家的身份进入中国的。他的使命是尽可能在云南众多的明净的边地采集植物和飞禽的标本，也就是说，开始的时候，他与其他同时代窜动于云南的西方神父或牧师，怀抱着的额外使命并没有什么不同。据一位云南水富县资深的地方志专家介绍，20世纪40年代，在水富县陈凤山的黄家庄园里，曾生活过三位来自英国的神父，传教对他们来讲非常次要，他们最主要的工作就是满山捕捉“桔脉粉灯蛾”。

1944年，洛克因病返美，在印度的加尔各答把自己的全部家当托付给了一艘军舰。非常不幸的是，这艘军舰在驶向阿拉伯湾的时候，被一枚日本鱼雷准确地击中。于是一个异美的场景出现在了阿拉伯湾的海面上。那些逃难的水兵因此怀疑自己来到了天堂：那被炸开的洛克的家当，有关宗教仪式的译文和一卷《纳西语英语百科辞典》仅仅是家当的零头，其主要成分是色彩斑斓的大尾大蚕蛾、二尾凤蝶、红锯蛱蝶、三尾凤蝶、玉龙尾凤蝶、桔脉粉灯蛾、西番翠凤蝶……阿拉伯湾的海面上燃烧起了无边无际的天堂的火焰。对此。同为美国人的萨顿在一篇文章中写道："消息传给洛克时，他几乎崩溃了。其后，他向友人吐露说他曾认真考虑过自杀……"当然，洛克想自杀的理由是："他说他绝对不能凭记忆重新写出失去的著作。"因为那时的洛克已在丽江生活了二十二年，他不再是一个单纯的植物学家。

我对阿拉伯湾的海面上燃起的"天堂之火"，一直满怀着无限的向往。它不仅让那儿蓝色的海水改变了颜色、变换了质地、沉入了梦中；它还让岸边的沙漠学会了眺望、学会了蠕动、学会了飞翔。那些被固定了的或动着的蛾与蝶，仿佛魔法时代最动人心魄的忧郁；不，仿佛古老东方的后花园中逃出来的香魂兵团；也不，仿佛冷漠的时间史保留的最后一点纯粹的体温……它们被一枚鱼雷释放在海面上。

关于桔脉粉灯蛾，在另一篇文章中，我是这么描绘的："它的出现，意味着黑夜的戏剧是唯一的戏剧，其他的物质都只是黑色。它的头颅和胸膛陷入在夜色中，以求捍卫这致命的部位，但是，它也是有保留的，在用来真正与夜色相撞的头顶，它预留了一点金黄。那是黑夜的黄金，它让它的腹部疯狂，带着一排黑色的小圆点，以罕见的大面积的红颜色，接受尘埃和空气的抚摩。它的翅膀，只有翅脉是橘子的颜色，其他都黑透了。这容易让人联想到闪电与黑夜的永恒结合……”至于二尾凤蝶，我则是这么描绘的：“它是云南的宝贝。在遍布马兜铃的地方，它带着一根根黄白色的飘带，以及阳光交给这些飘带的阴影，在不知疲怠地升降。我不相信它们只存活短暂的时光，它们的警戒色告诉我，以它捍卫美的决心，它远远不止存活一万年。”

引罢两则对桔脉粉灯蛾和二尾凤蝶的描述文字，我感到我是在历险。与捕猎者相比，他们的心肠是由软柔变得粗硬的，而我则在一味地柔软下去，我怕自己不能自拔，只好息手。不过，这倒让我想到 1998 年春天的那一次爬大理苍山的经历，在洛克的笔下，苍山“自半山腰以上就终年积雪”。这说的是 20 年代，而在 90 年代，苍山的半山腰以上则几乎没有雪，只在十八峰的峰巅之背阴处有一些残雪。如大神的足迹。因此，我爬苍山并不是去看雪，是为了去看“杜鹃船”。杜鹃像船，像无效的船，在一条条山的主脉和支脉上航行。记得在登马龙峰的时候，在一大片杜鹃花丛中，我目睹了这样一个场景——年年寂寞地“怒”放的杜鹃花，年年都把大如颗粒的花粉执着地投向旁边的一块巨石，结果，那块巨石全被浸黄了——巨石上因此栖满了五彩缤纷的蝴蝶。之所以要旁插出苍山的这点气象，意思是在引用两则文字的途中，我真的觉得自己正变成那块被花粉浸软的石头，而且一厢情愿的逆转已难以拯救。想想，当如此绝美的蛾蝶，以集体主义的方式、千千万万只地忽然出现在阿拉伯湾的海面上，用“爆炸”“游行”“堆集”……这样的词条，怎能描述？那是极限，是千千万万个极限突然相撞！我想，那些逃亡的水兵，有的一定因此而生，有的一定因此而死。

英国人大卫 · 卡特，是伦敦自然史博物馆昆虫系最擅长于鳞翅目昆虫研究的资深科学家，他曾说过："蝴蝶和蛾类最普通的防卫策略是混入背景中，这种技术可以通过不同的方式达成。蝴蝶在休息时将四翅合拢，只露出暗色的面；因此，当它们停留在树篱中并合上翅膀时，色彩鲜艳的蝴蝶似乎消失了。为了躲避鸟类，许多蛾类都在夜间飞行，但却又面临着蝙蝠的威胁。不过许多蛾类能听到蝙蝠的叫声，从而躲开它们。大多数夜间飞行的蛾类都有暗色翅，当停在树干上休息时，可提供优良的伪装……"在蝶类中，枯叶蝶也许是最卓越的伪装高手了，它们几乎把自己变成了一片枯朽的树叶，叶脉、叶片的瑕疵，一律被它们搬上了自己的身体，因此，在阿拉伯湾海面上，没有出现枯叶蝶，出现的都是些珍稀的异端。

1946 年 9 月，洛克又重返云南丽江，且一住是就是三年，这三年时间，在纳西巫师的帮助下，他把全部心思都放在了《纳西语英语百科辞典》一书的编写上。直到巫师和翻译隐蔽或失踪，他才于 1949 年 8 月极不情愿地走掉。他这一次再没有带走一只蛾或一只蝶。这时候，他真正地爱上了植物学之外的丽江，也正是因为如此，在返回美国路过加尔各答的时候，在给一个叫默里尔的人写的信中，他说："与其躺在医院凄凉的病床上，我宁愿死在那玉龙雪山的鲜花丛中……"

（《作家文摘》2020 年总第 2343 期，摘自《宋朝的病》，雷平阳著，花山文艺出版社 2020 年 1 月出版）

死亡的智慧

蒋子龙

中国的许多皇帝几乎从登基的第一天起，就开始筹划为自己修墓，以期死后能进入一个万年牢的地下宫殿，继续享受无上的尊荣和奢华，永远不被盗掘。然而绝大多数皇帝的陵墓都被盗过或开掘过了，即使还没有被挖掘的，人们也知道其所在位置。唯成吉思汗陵，竟成为千古之谜，令各国考古专家绞尽脑汁，仍不得其解。尤其在近二百年来，以现代人的精明、现代科技的无所不能，全世界至少有一百多个考察队，费尽周折，旷日持久，动用了航天遥感、地球物理学的地下勘探等尖端技术，像篦头发一样把所有认为能埋葬成吉思汗的地方都找了一遍，却全都无果而终。

至少在对待死亡的智慧上，“一代天骄”远远高于其他帝王，无论明君昏君、长寿的短命的。关于这一点，所谓“现代死亡学”的奠基者、美国生物学家刘易斯·托马斯，事隔近八百年才悟到：有一天他忽然对自己提出了一个问题，他的后院里到处都是松鼠，一年四季在树上和草地上窜来窜去，但他从来没有在后院里看到过死的松鼠，难道它们不会死吗？显然不是，万物都有生有死。这就是说，松鼠们是偷着死的，死到了人类看不到的地方。那它们又为什么要这样做呢？仿佛是不经意间地随便一问，使他以后有了一个重要发现：动物比人类更会跟这个世界做最后的告别，死得自然而聪明。它们绝不像人类那样大哭大闹地张扬死亡，借最后的告别搞排场。

动物似乎都有这样的本事，知道自己快不行了，就找个背静的地方，独自悄悄地死去。即使体形最大、最招眼的动物，到死的时候也会隐藏起自己。假如有一大象因意外事故死在明处，象群也绝不会让它留在那儿，一定要将它抬起来，找一个莫名其妙的适当地方再放下。象群如果遇到遗在明处的同类的骸骨，也会有条不紊地一块块捡起来，疏散掩藏到邻近的大片荒野之中。

这是自然界的奇观。地球上的各类动物加在一起比人类还要多得多，死亡每时每刻都在发生，其数量跟每天早晨、每个春天让人炫目的新生一样多。但我们看到的却并非到处是面目全非的残肢断臂。假如世界不是这个样子，死亡的事都公开进行，死尸举目可见，那阳世岂不跟阴曹地府一般？再看看人类吧，最会在死亡上做文章，出大殡、办国丧，甚至也可以为了某种政治目的秘不发丧，或借死人整活人……这一切都源于人类对死的恐惧，认为死是灾难，是反常，是伤害，是痛苦，是惩罚，是机会，总之是不自然的。有人死了，活着的人总要议论纷纷，死于什么原因、多大年纪等，不管真的假的都要惋惜感叹一番，同情一阵，亲的近的还要掉几滴眼泪，实在挤不出泪来也得拉长脸做悲痛状。然后就是送花圈，举行葬礼，安置遗体或骨灰，修墓立碑——如果人类继续这么搞下去，早晚会有一天，地球的土地都将变成墓地。

死的伴随物比死本身更令人沮丧和恐惧。一个人的死，与其说是他自己的事，还不如说是他活着的亲友们的事，于是人类夸大了对死的恐惧。这源自对死亡现象的困惑，把死亡看得过于孤立了。据托马斯的统计，地球上“每年有逾五千万的巨额死亡，在相对悄悄地发生着”。尽管如此，世界人口发展到今天还是有了六十亿之众，倘若自有人类的那一天起就个个长生不死，今天还会有地球和人类吗？人类应该为有死这件事而庆幸，是死解放了生。生——死，死——生，不过不断往复而已。人知道该死，才懂得该生。平时用不着老顾虑死，倒应该多考虑生，能体味死的平和，就能透彻生的意义。人生其实就是“至死方休”。

蒙古的“秘葬”习俗成就成吉思汗陵之谜。据说在他葬后要驱赶马群在葬地狂奔，泯灭埋葬痕迹，然后用千骑守护，不许任何人进入禁地。等到来年密林如旧，别人无法看出大汗葬在哪棵树下；或者青草丛生，草原如旧，让人再也看不出埋葬的迹象，千骑方才散去，从此也使墓地成谜。其实在成吉思汗之前，道家更早地洞悉了生与死的转换。庄子出生在两千三百多年以前，当他妻子死后，他蹲在地上敲着瓦盆唱歌，有人责怪，他还振振有词：“想她现在安睡在天地的大房间里，我若在旁边哇哇地哭泣，实在太不明生命的演变过程了。”轮到庄子自己也快要死的时候，弟子们商议要厚葬他，他却拒绝道：“我用天地做棺木，日月做璧玉，星辰做葬珠，万物来送葬，这不是一个很壮观的葬礼吗！还有什么可求的呢？”弟子说：“我们怕老鹰来吃先生啊！”庄子答道：“在地上会被老鹰吃，埋在地下又会被蚂蚁吃，把我从老鹰那里抢过来送给蚂蚁，你们不是太偏心了吗？”

既以生为善，又以死为善。现代人反而没有这样的洒脱了，活得越久越不想死，看见别人还活着也不愿自己先死，特别是知道有人永生，就更觉得自己死得亏。岂知世界最平等的事就是死亡，它一视同仁地对待所有生命，早晚都会轮上，该轮上的时候一定会轮上。在这一点上，无法不高看成吉思汗。即便学不了“一代天骄”，总还可以借鉴动物对待死亡的智慧。

（《作家文摘》2016年总第1974期，摘自2012年8月8日《天津日报》）

辑五

旅行与读史

他站在那里，好像能看见千万年来的人流，

足迹踩下又给覆盖，亦如树木倒下又生出，水涌过又枯竭，

在这周而复始的循环中，世界的面貌改变为他所见到的样子。

千里江宁一日还

高洪波

中国的城市很多，但最有缘分的一座城市是南京。

这话怎么说？杭州不愿意了，上海不开心了，连苏州都有些气不忿，都是江南名城，有的还是人间天堂，你凭什么认准南京？偏心眼儿不是。

凭什么认准南京？凭两年前一次坐飞机。

那一天我一大早出家门，赶早上八点多的航班飞南京，出席江苏省作家协会组织的一个采风活动。按计划赶上中午饭后直奔扬州，孰料人算不如天算，飞机在南京居然无法降落，说云层太厚，雨大。没法子，只好飞到青岛迫降。在青岛静候两个小时后，重飞南京。午饭自然是错过了，那就赶晚饭呗。但万万没想到的是飞机盘旋南京上空半小时，仍然无法降落，还是掉头飞了青岛。这么一折腾，已经是下午四点了，乘客们，尤其是女人们到了忍耐的临界点，我同舱的一位打扮时尚的女士就气得跺脚怒吼：“我抗议，早知道就坐火车了，我要投诉！”话虽这么说，当青岛机场通知大伙儿四点半登机时，没一个落下的，好在每人发一份盒饭，充分体现了民航系统的人文关怀。四点半登机，如果正常，五点多就到南京了，虽说是起大早赶晚集，但也赶上了不是！可偏偏坐在机舱里又静等了一个多小时，六点半才终于再次飞南京，到达南京时差不多八点了。舱里那位愤怒的女士公开挑战不许开手机的飞行管制，大声打电话，如果目光可以杀人，空姐们肯定死了一百遍了。但空姐们默默服务，代恶劣天气受过。倒是机长极幽默，差五分钟降落时，他让大家看左右舷窗，说有一轮极大极干净的月亮等待大家。果不其然，那天晚上的月亮是我平生见过的最清澈、最晶莹、最纯净的月亮。许是经过一天暴雨的清洗，许是飞机上赏月高度难觅，许是艰难旅行终抵目的地的松弛，反正南京上空那轮月亮，之大之圆之美，是让我终生难以忘怀的。

吃一堑长一智，此后再走南京，坐高铁端的是上佳之选。车程四个小时，轻轻松松就到了，况且还有上档次的座位与热诚的服务，所以江苏每年出席两会的代表委员，譬如我们全国政协同组的江苏省作协主席、女作家范小青就历来如此，高铁方便、快捷，更重要的是风雨无阻，永远正点。中国的高铁世界第一，这已经不是什么悬念，而是活生生、硬邦邦、亮闪闪的现实，每个乘坐过高铁的乘客，都会在漂亮的候车厅里感叹，在舒适的车厢里唏嘘，为中国的技术飞跃，为高铁建设者们的付出，升腾起由衷的敬意，还有一个中国人的自豪。

由高铁速度我想起从军云南时乘坐过的米轨小火车，这火车只限于滇南，车厢狭小，车速缓慢，云南十八怪中的一怪：火车没有汽车快，指的就是这样的小火车，从昆明到宜良再到开远，对我而言是从省城到师部团部再到军部。这就是如今具有古玩意义的滇越铁路，我十年青春的岁月在这条米轨上反复驶过，故而那小车厢的硬木座，那过山洞时挤入窗口的呛人煤气，那陡峭的山涧与悬崖，形成了对火车的特殊印象。正因为坐过云南小火车，才对中国高铁礼赞有加。铿锵的车轮声已然消失，拥挤不堪的超载不复存在，剩下的唯有速度与激情，或者，还有对新时代的感念与期待。

千里江宁一日还，不，一日太慢了，半日还。四个小时，不就是半天工夫嘛。

（《作家文摘》2018 年总第 2109 期，摘自 2018 年 1 月 27 日《人民政协报》）

一起去看山

阿　来

有好些年没有去四姑娘山了。汶川地震前两年去过，地震后就没有去过了。加起来，是超过十个年头了。

但这座雪山，以及周围地方却常在念想之中。

这座藏语里叫作“斯古拉”的山，汉语对音成“四姑娘”。这对得实在巧妙。因为那终年积雪美丽的山确实是有着四座逸世出尘的山峰，在逶迤的山脊上并肩而立，依次而起，互相瞩望。后来又有了关于四个姑娘如何化身为晶莹雪峰的传说，以至于人们会认为这座山自有名字那天，就叫作“四姑娘”了。却少有人会去想想，一座生在嘉绒藏人语言里的山，怎么可能生来就是个汉语的名字呢？在这里，我不想就山名作语言学考证，而是想到一个问题，当我们来到一座如四姑娘山这般的美丽雪山面前时，我们仅仅是打算到此一游——因为别人来过，我也要来上一趟，这确实是当下很多人出门旅游的一个重要原因——还是希望从长长短短的游历中增加些见识，丰富些体验？

有一句话在爱去看山登山的人中间流传广泛。那句话是：“因为山就在那里。”

这句话是20世纪20年代一位名叫马洛里的英国人说的。这个人是个登山家，登上过世界好几座著名的高峰。然后决定向世界最高山峰珠穆朗玛挑战，如果成功了，他就是全世界第一个登上珠峰的人。那时，随队采访的记者老问他一个问题，为什么要登山？就像今天旅游的人要反问，我去一个地方为什么就该懂得一个地方？马洛里面对记者的问题总是觉得无从回答。一个人面对一座雄伟的山峰，面对奥秘无穷的大自然，感受是多么复杂，怎么可能只有一个简单的答案？一个内心里对着某种事物怀着强烈迷恋冲动的人怎会只有一个简单的答案？唯目的论者才有这种简单的答案。终于有一天，面对记者的老问题，他不耐烦了，就用不耐烦的口吻回答：“因为山就在那里。”

确实，山就在那里。那样美丽，沉默不言，总是吸引人去到它跟前。看它，读它，体味它，如果能力允许，甚至希望登上山顶去看看那里是什么样子，从那样的高度眺望一下世界。杜甫诗说“荡胸生层云，决眦入归鸟”，追求的就是这样一种雄阔的体验。四姑娘山最高峰海拔六千多米，我没有那么好的身体去追求这种极致的体验，但从低处凝视，想象，也是一种美妙的体验。想象自己如果化成一座山，或者如一座山一样沉稳，宠辱不惊，那是什么境界。

山有自己的历史——山的地质史，山化身为神的历史。如果要为这后一种历史勉强命名，不妨叫作地方精神史。山神的存在，在藏区是一个普遍现象。为什么每座山都是一个神？这当然是一部地方史的精神部分。没有精神参与，一座山就不会变成一个神。四姑娘山就是这样。本是一座山，在历史空间中，生活在周围的人因为它庄严，毫不动摇的姿态，为它附着了与其姿态相似的人格，并为这样的人格编织了故事。某个人为了保卫美丽的自然，保卫家园，自愿化身成一个地方性的保护神，担负起神圣的职责。四姑娘山的故事也是这样，但突破了故事模式的是，这座山是四个美丽姑娘所化。创造这个故事的人当然是受了自然的启发，因为四个山峰就在那里。那四个姑娘当然美丽，因为雪山本身就那么美丽。那四个姑娘当然也善良。美就是善，这是哲学家说过的话。

多山的四川有两座特别有名的山。一座是贡嘎山，一座是四姑娘山。一座是男性的，一座是女性的。一座是蜀山之王，一座就是蜀山皇后。这两座山我都去过多次。我在年轻时代的诗里就写过："传说那座山有神谕的山崖，我背着两本心爱的诗集前去瞻仰。"亲近瞻仰贡嘎的历程略过不谈，这里只想谈谈四姑娘山。

20 世纪 80 年代，二十多岁的时候，一次从小金县城去成都。一大早起来，长途客车摇晃到日隆镇上吃早饭。冬天滴水成冰，石灰墙都冻得更加惨白。一车人围着饭馆里一只火炉跺脚搓手，再吃些东西，身体总算慢慢暖和过来。这才有了闲心四处打量。留给我深刻印象的是墙上好多面旗子，都是日本旅行团留下的。上面好多字，"四姑娘山花之旅""白色圣山之旅"等，下面还有全体团员的签名。那时的想法是日本人跟我们也太不一样了。我们还在为坐汽车怎么不受冻而焦虑，他们却跑这么远，就为看一眼我们山里的花。那也是中国经济高速发展刚刚启动的年代。如今，我们也一天天过上了未曾梦想到的生活。从生下来那一天起，我生活经验里出门远行的理由很少，机会更少。我一直到了二十岁，还没有去过离家一百公里以外的地方。1985 年，我出公差，先从马尔康到小金县城，然后再经省城去苏东坡的老家眉山开会，已经是很远很丰富的一次旅行了。算算四姑娘山离我的老家距离不到两百公里，但我在小金县城出差这回，才第一次听说这座山的名字。记得是在县文化馆看一位画家写生的风景画，说画中的山是四姑娘山。那些雪峰、山谷、溪流、树，对我这双看惯了山野景色的眼睛也有很强的冲击力。那时，当地专门要到某地去看看特别美景的，也就是画画或摄影的人。所以，过两天经过四姑娘山下的日隆镇，在唯一国营饭馆里看见满墙日本旅行团的旗帜以及那些赞美雪山与花的留言时，心里想的还是，这些日本人出这么远的门，就为来看几朵花，也实在是太过奢侈了。虽然那些花肯定是非常漂亮，也是值得一看的。也是在那一时期，才知道有一种出门方式叫旅游。我们这一代人就是这么过来的。很多东西，刚听说时还是一个抽象的概念，不久也就成为我们的生活方式了。

很快，中国人也开始了初级旅游，大巴车拉着，导游旗子摇着，把一群群人送到那些正在开发中的景点。四姑娘山也成了一个边建设边开放的景区。过几年再去，日隆镇上那个人民食堂已经消失不见，有了些为接待游客而起的新建筑。我自己就在一座临着溪涧的木楼里住了几宿，听了几夜溪流的喧哗。坐车去双桥沟，骑马去长坪沟。那是晚秋时节了，蓝天下参差雪峰美轮美奂，但四姑娘山的美其实远比这丰富多了：森林环抱的草地，蜿蜒清澈的溪流，临溪而立的老树，尤其是点缀在岩壁与树林间的一树树落叶松，那么纯净的金色光芒，都使人流连忘返。

去长坪沟的那天早晨，太阳从背后升起，把我骑在马上的身影，长长地投射在收割后的青稞地里，鸟儿们在马头前飞起来，又在马身后落下去。云雀的姿态最有意思。它们不像是飞起来的，而是从地面上弹射起来，到了半空中，就悬浮在头顶，等马和马上的人过去了，又几乎垂直地落下来，落到那些麦茬参差的地里，继续觅食了。麦茬中间，有好多饱满的青稞粒和秋天里肥美的昆虫，鸟儿们正在为此而奔忙。附近的村庄，连枷声声。这是长坪沟之行一个美好的序篇。山路转一个弯，道路进入森林，背后的一切就都消失不见了。落尽了叶子的阔叶林如此疏朗，阳光落下来，光影斑驳，四周一片寂静。而森林的寂静是充满声音的。那是很多很多细密的声音。岩石上树上的冷霜融化的时候，会发出声音。一缕一簇的苔藓在阳光下舒张时也会发出声音。起一丝风，枯草和落叶会立即回应。还有林梢的云与鸟，沟里的水，甚至一两粒滑下光滑岩壁的沙砾都会发出声音。寂静的世界其实是一个充满了更多声音的世界。都是平时我们不曾听过的声音，是让我们在尘世中迟钝的感官重新变得敏锐的声音。早晨太阳初升的那一刻，只要峡谷里的风还没有起来，那些声音就全都能听见。太阳再升高一些，风就要起来了，那时充满峡谷的就是另外的声音了。

这一天风起得晚，中午，我们在一块林中草地上吃干粮时，风才从林梢上掠过，用潮水般的喧哗掩去了四野的寂静。

那是我第一次去到四姑娘山下。

一个朋友带一个摄制组，来为刚辟为景区不久的四姑娘山拍一部风光片子，我与他们同行。山谷看起来开阔平缓，但海拔高度一直上升，阔叶林带渐渐落在了身后。下午，我们就是在那些挺拔的云杉与落叶松间行走了。还是有阔叶树四散在林间，那是高山杜鹃灌丛，绿叶表面的蜡质层被漏到林下的阳光照得发亮。

夕阳西下时分，一个现成的营地出现了。那是一间低矮的牧人小屋。石垒的墙，木板的顶。在小屋里生起火，低矮的屋子很快就变得很温暖了。天气晴朗，烟气很快上升，从屋顶那些木板的缝隙中飘散在空中。若是阴天，情形就两样了。气压低，烟难以上升，会弥漫在屋子中，熏得人涕泪交流。但今天有一个好天气。同伴们做饭的时候，我就在木屋四周行走。去看小溪，溪流上漂浮着一片片漂亮的落叶。红色的是槭，是花楸。黄色的是桦，是柳，还有丝丝缕缕的落叶松的针叶。太阳落到山背后去了，冷热空气的对流加剧，表现形态就是在森林上部吹拂的风。此时在林中行走，就像是在波涛动荡的海面下行走。森林的上层是一个动荡喧哗的世界。而在森林下面，一切都那么平静。云杉通直高大的树干纹丝不动，桦树的树干纹丝不动。吃过晚饭，天黑下来。大家都是爱在山中漫游的人，自然就谈起山中的各种趣闻与经历。爱在山中行走的人，在山中更是要谈山。就像恋爱中的人总要谈爱。于是，夜色中的山便越发广阔深沉起来。爬了一天山，袭来的疲倦使得大家意兴阑珊时，就都在火堆边睡去了。我横竖睡不着，也许是因为过于兴奋，也许是因为太高的海拔地势。这时风停了，月亮起来了，用另一种色调的光把曾短暂陷落于黑暗的群山照亮。我喜欢山中静寂无声的光色洁净的月亮，就悄然起身，把褥子和睡袋搬到了屋外的草地上。我躺在被窝里，看月亮，看月光流泻在悬崖、杜鹃林和落叶松的地带。我花了更多的时间凝视一条冰川。那道冰川顺着悬崖从雪峰前向下流淌——纹丝不动，却保持着流动的姿态，然后，在正对我的那面几乎垂直的悬崖上猛然断裂。我躺在几丛鲜卑花灌木之间，正好面对着那冰川的断裂处。那幽蓝的闪烁的光芒如真似幻。我们骑乘上山的马，帮我们驮载行李上山的马，就站在我的附近，垂头吃草或者咕吱咕吱地错动着牙床。我却只是静静地望着那几乎就悬在头顶的冰川十几米高的断裂面，在月光下泛着幽蓝的光芒。视觉感受到的光芒在脑海中似乎转换成了一种语言，我听见了吗？我听见了。听见了什么？我不知道，那是一种幽微深沉的语言。一匹马走过来，掀动着鼻翼嗅我。我伸出手，马伸出舌头。它舔我的手。粗粝的舌头，温暖的舌头。那是与冰川无声的语言相类的语言。

然后，我就睡着了。

越睡越沉，越睡越温暖。

早上醒来，头一伸出睡袋，就感到脖子间新鲜冰凉的刺激。睁开眼，看见的是一个银装素裹的白雪世界！我碰落了灌丛上的雪，雪落在了颈间，那便是清凉刺激的来源。岩石，树，溪流，道路，所有的一切，都被蓬松洁净的雪所覆盖。一夜酣睡，竟然连下了一场铺天盖地的大雪都不知道！

那天早晨，兴奋不已的几个人也没吃东西，就起身在雪野里疾走，向着这条峡谷的更深处进发。直到无路可走。最漂亮的景色是一个小湖。世界那么安静，曲折湖岸上是新雪堆出的各种奇异的形状。那些形状是积雪覆盖着的物体所造成的。一块岩石，一堆岩石，雪层杜鹃花的灌丛，柏树正在朽腐的树桩，一两枝水生植物的残茎，都造成了不同的积雪形状。纹丝不动的湖水有些黝黑。湖水中央是洁白雪峰的倒影。这是我离四姑娘山雪峰最近的一次。她就在我的面前，断裂的岩层，锋利的棱线，冰与雪的堆积，都历历在目，清晰可见。

回来写过一篇散文《马》。不是写进山所见，是写那些跟我们进山的动物伙伴。还做了一件文字方面的事情，就是为这次拍的纪录短片配了解说词，在当时中央电视台一档叫“神州风采”的栏目中播出。也算是为四姑娘山早期的宣传做过一点工作。

后来，还在不同的季节到过四姑娘山。

春天和秋天，不同的植物群落，会呈现出丰富多彩的色调。

春天，万物萌发。那些落叶的灌丛与乔木新萌发的叶子，会如轻雾一般给山野笼罩上深浅不一的绿色，如雾如烟。落叶松氤氲的新绿，白桦树的绿闪烁着蜡质的光芒。那些不同的色调对应着人内心深处那些难以名状的情感。从那些时刻应了光线的变化而变幻不定的春天的色彩，人看到的不只是美丽的大自然，而是看到了自己深藏不露的内心世界。美国诗人惠特曼的诗句“拂开大草原上的草，吸着它那特殊的香味，我向它索要精神上相应的讯息”，说的就是这样的意思。

秋天，那简直就是灿烂色彩的大交响。那么多种的红，那么多种的黄，被灿烂的高原阳光照亮。高原上特别容易产生大大小小的空气对流，那就是大大小小的风，风和光联合起来，吹动那些不同色彩的树：椴、枫、桦、杨、楸……那是盛大华美的色彩交响。高音部是最靠近雪线的落叶松那最明亮的金黄。高潮过后，落叶纷飞，落在蜿蜒的山路上，落在林间，落在溪涧之上，路循着溪流，溪流载满落叶，下山，我们回到人间。其间，我们有可能遇到有些惊惶的野生动物，有可能遇见一群血雉，羽翼鲜亮，我们打量它们，它们也想打量我们，但到底还是害怕，便慌慌张张地遁入林间。

当然不能忽略夏天。

所有草木都枝叶繁茂，所有草木都长成了一样的绿色。浩荡，幽深，宽广。阳光落在万物之上，风再来助推，绿与光相互辉映，绿浪翻拂，那是光与色的舞蹈。那时，所有的开花植物都开出了花。那些开花植物群落都是庞大家族。杜鹃花家族，报春花家族，龙胆花家族，马先蒿家族，把所有的林间草地，所有的森林边缘，变成了野花的海洋。还有绿绒蒿家族，金莲花家族，红景天家族，都竞相开放，来赴这夏日的生命盛典。

而这一切的背后，总有晶莹的雪峰在那里，总有蓝天丽日在那里。让人在这美丽的世界中想到高远，想到无限。记起来一个情景，当我趴在草地上把镜头对准一株开花的棱子芹时，一个日本人轻轻碰触我，不要因为拍摄一朵花而压倒了看上去更普通的众多的毛茛花。我也曾阻止过准备把杜鹃花编成花环装点自己美丽的年轻女士。这就是美的作用。美教导我们珍重美，美教导我们通向善。

（《作家文摘》2017 年总第 2085 期，摘自 2017 年 11 月 6 日《人民日报》）

旅行与读史

刀尔登

心情是旅行的朋友和敌人。有天下午高高兴兴地出了秦岭，从仙游寺北望低处的西安，当真是红尘滚滚，摩天大楼昂首而出，底下的树木和街道，只好有待想象，而想象又是暗淡的。我想起上次穿行西安市区，汽车鸣笛，商人叫卖，人们目光严厉，各自在拥挤的交通中向前又向前。我打消了投宿的念头，循着高速公路，向家的方向驶去。

我的打算是在路上随便找一个县，便去休息。要说有吸引力的地名，没有比西安一带更多的了，我们都是读汉唐的文章长大的，那些曾让人想入非非的名字，在这里触目皆是。不过，我可不是头一次来西安一带，我早已知道，越是名字美妙的地方，越应该躲着走。

有一回我路过霸陵一带，现在属灞桥区，心想，噢，这便是“南登霸陵岸，回首望长安”的霸陵，“年年柳色，灞陵伤别”的霸陵；把眼睛从路牌收下来一看，前面的景色无以形容，仿佛有十万人在四下奔走。

京昆高速出西安后折而东北向，不一会儿，前面就是富平县。

说起富平县，我孤陋寡闻，只想起李因笃来。顾炎武晚年因李因笃而来富平，颇住了一段时间。那时，富平是英豪荟萃，本省的有“关中三李”（另两位是李颙和李柏）、王弘撰等，外省的有傅山、朱彝尊等。顾炎武的最后几年，大多时间竟是在富平度过的，而他北游二十多年，居无恒所，此地究竟是靠什么吸引他驻足，除了一批志气相投的师友？

我从富平出口驶下高速公路，进入西向的一条道路，不过走了一两公里就停了下来。当时我处的位置地势略高，低处是农田和零落的树木，这会儿已到傍晚，树叶子闪闪发亮。我见到一丛丛的房屋，彼此如此相像，如同我在许多别处见到的房屋；我见到许多行人，面目如此模糊，如同我在许多别处见到的人。我站在路边，道路的另一侧是商店和停放的红色大卡车，我有点儿想去对面买点水喝，看看让人目眩的车流，又作罢了。

我犹豫不决。历史或对历史的一点点知识，本来应该是使旅行更有风味的，然而，我遇到的大多情况，是徒更令人沮丧。如果说适当的事物能够刺激我们的历史想象，那么，另一批事物，则更有能力让这种想象无法进行。

我相信，如果对人类行为及其历史的理解达到一定程度，那样的人，没有什么环境是他不可理解的，对他来说，累积的痕迹无所不在，那些让我们觉得混乱、缺少方向的东西，在他看来却充满意义。这样的人，甚至可能喜欢你我努力避开的事物，因为他喜欢给自己的理解力找一点小小的谜题。

可惜，我远不是那样的人，我对历史一知半解，人类行为对我来说高深莫测。旅行和读书是相辅相成的，然而有时，或在某种意义上，又是互相捣乱的。从书本里，我们很容易建立自己的世界秩序，因为任何书籍，不论好坏，一落笔便已是秩序的产物，而实际事物，并不总服气于接受这种秩序的统辖；相反，如果运气不太好，还会动摇我们辛辛苦苦得来的一套解释，像是在说："对不起，这次你的运气不好。"

在我读过的游历记录中，最喜欢的一类，是有的作者，在某一瞬间，能让某一地点承载的历史在他心中复活。他站在那里，好像能看见千万年来的人流，人们经过又离开，足迹踩下又给覆盖，亦如树木倒下又生出，水涌过又枯竭，在这周而复始的循环中，世界的面貌改变为他所见到的样子。

我做不到，有时或许接近一点，大多时候，则接近也无从谈起。此刻，看着夕照之下的果树和农舍，我觉得想象力离我越来越远，剩下的只是枯干的理解，而这理解却是有害的。是的，如果说有什么比茫然不解还要有害，那就是不良的理解，自己并不喜欢，却无以逃避，因为想不出别的解释。

在路边站了一会儿，我心里便泄了气。旅行中最可怕的一个念头是：其实你哪儿也没去，你所见到的事物，特别是人、事，与你居家所见，实无不同。如果你的旅行目的之一，是逃出某种事物或情绪，那么，你就觉得逃无可逃，还不如本本分分地待在家里。

比如说，假如你有一种心事，为了避免沉湎其中，出去散散心，然而日常所见，不但不能消融之，反而不停地提醒你。人在旅途，总有各种聊以分心的新鲜事儿，然而总有一天，积累所致，你忽觉心情不但没有轻松，反倒愈加沉重了。这时，你就该回家了。

前面提到顾炎武。顾炎武后半生有二十多年在北方游历，我读他这一时期的文字，不免要揣测他的心理。他有这么几句诗：

> 南方不可托，吾亦久飘荡。
> 崎岖千里间，旷然得心赏。

自然界确实能够安慰人心，一个人心事再重，总有一部分本质，会响应自然之律，旷然起来。可惜只是一部分而已。

清初的明遗民，寿则多辱，顺治年间便去世的一批人，可以至死不相信北方的野蛮人能够长踞关内。尽管历史中野蛮人以武力打败文明社会，有着源源不断的先例，但这些人的幻想，一时不乏燃料。同道间的彼此鼓舞，谣言与错误的分析，天下未定时的乱离之相，以及他们的历史理论，其中便包括对文明的狭隘理解，这些以及其他因素，成了反抗者咀嚼不尽的食粮。等到康熙年间，天下太平，人们习惯了头顶的发型，连顾炎武这样的人，也有人批评他妥协了。

顾炎武活到了康熙二十一年，他的精神历程，有着痛苦的丰富。他写过这么几句话：

> 当人心沉溺之久，虽圣人复生，而将有所不能骤革，则莫若择夫荒险僻绝之地，如五台山者而处之，不与四民者混。

现在看来，他没有说到事情的关键，不过那绝望的心情，还是跃然纸上。至于自窜于“荒险僻绝之地”，不合他的性格，故而也做不到。

他后半生的心境与早年不同，所谓光复，存其志可也，其事则绝无希望。这一点，他越来越明白了。所以他的北游，虽然多与遗民相往还，还是意在同声相应，同气相求，互相温暖一下，至于联络四方志士，实已不再是动机。他的注意力，也移到了学术上，且与新朝的几乎每一位臣民一样，食则饱，饥则恐，见到小猫就分泌点多巴胺，见到老虎就涌出肾上腺素，所谓人之常情，零零碎碎的日常生活，是不接受指责的。

心事可以缓解，却没法子全都消去。顾炎武后期的一些著作，很多是成于旅途中的，谈历史，谈地理，事在千载之外，心仍在方寸之间。游踪所至，不乏青山秀水，嘉宾贤主，每一天都有让人高兴的事情，每一处又都有让人不能忘怀一切的事情。看来，自我才真正是无所逃避的。但见识多了，自我又可以小有转变。我读《天下郡国利病书》，看到顾炎武的一些想法，已经超出皇权之争，有了更广的视野，不由得为他高兴，又想，真该向这个人学习啊。

只是想想而已，人到我这个年纪，极少能再改变自己的。每次出去游玩，看到同样一出戏在所有地方上演，又看到每出戏里各人各念自己的经，先是装看不见，装而不成，就不耐烦起来。每次我都劝说自己，社会分工不同啊，等等，管得一时，终归无效。

总有一个阴影在那里，或者说是双重的阴影，一重是实际的庞然大物，一重是自己对它的敏感。我坚持不对任何事物持原教旨态度，努力尊重日常生活，可还是禁不住地想，这确实不是个正常的社会啊。这么一想就高兴了，因为如果反之，则一定是我出了毛病。所以我就大大方方地回到高速公路上，不再想去富平的事了。

不到两小时，我在韩城市投宿。韩城是司马迁的老家，离韩城还有几十里，高速公路上就出现大牌子，芝川湿地云云，这芝川镇就是司马迁祠墓所在的地方了。

我住的旅馆，不远处就是个小广场，有许多小吃摊，再往前有一条街，满满的全是饭店。我吃了饸饹，吃了醪糟，第二天早上又吃了馄饨。至于司马迁祠墓，没有去看。

（《作家文摘》2017 年总第 2077 期，摘自《财新周刊》2016 年第 21 期）

青州缘未了

王剑冰

一

老杜有诗“齐鲁青未了”，他所说的齐鲁，直到李清照来时，还都是属于青州地盘。那时的青州气象宏阔，“面山负海古诸侯，信美东方第一州”。青，是让人舒服的颜色，也是让人舒服的称呼。杜甫诗中的青，同青州的青，是一个青。清照的清里，也含着青州的青。清照喜欢青州，更重要的一点，这里是她丈夫的家乡，在京城待得心烦，跟着丈夫来，也就是回家了。

来青州的那年，李清照二十三岁，正值青春芳华。那么心高气傲的女子，却将世上十分光阴，三分留在这里，生命中九重灿然，六重都给了青州。而青州给她的，是天地人文之气血、山水风情之精华，是平生诗词三分之一的灵感与瑰丽。

在内部倾轧、外部战乱的远方，青州成了“千古第一才女”的后院。这是清照的福。也是青州的福。

二

我看到了那个白墙灰瓦的所在。自然不是原来的规制和位置，唯有灵魂，附在阳光里。阳光筛下，筛出一层的雾气，倒是将院子托起来。让人觉得，这就是宋时的院落。轻轻地走进去，一庭芳草，半池残荷，一簇簇竹，一垄垄花，包括墙角的一抹新绿，不都是她的词？“归来堂”，和着陶渊明的意绪，表明同丈夫远离京师，决意隐居之意。屋内的陈设，简单到不能再简单，倒是与“清照”的生活相配。不敢相信，那般素洁的案几上，诞生过一首首珠玑般的华章。

青州的阳光很适合她，她在这阳光里徜徉，将爱情也融进去。两人于归来堂读书、斗茶的生活意趣，被清照展示在《金石录后序》中，那是一种情透纸背的幸福。“甘心老是乡矣！”如何不是她的心里话？她和丈夫收集金石古玩，不仅让文物价值不致湮没，同时延续了文物自身的精神。而对琴棋书画的灵犀，使她对文学理解得更为透彻，每一次填词，都带有对文字的尊重，那是灵感与情感的激发，具有不露声色的冲击力。

冬天的龙兴寺，会落下一场雪。钟声里雪花纷然。青州人在这钟声里踩出一条小道，缭绕的香烟从小道上接续。不知道小道上有无一位女子。清照自打来到这青州，就潜心修身，为自己名号“易安居士”。

我站在云雾飞扬的云门山顶，能望到对面同样云雾飞扬的驼山，驼山下就是唐时的龙兴寺，寺上的瓦，金黄一片。想起青州博物馆的石佛，喜欢金石的清照必是欣赏过的，那些佛大都笑着，人们称其为“青州的微笑”。清照在这种微笑里生活了二十年。金兵来前，四百多尊石佛，被人埋在了龙兴寺前。清照也不得不带着诸多感怀诸多回想，与青州挥手告别，走进凄凄惨惨戚戚的苦雨。

周围还有仰天山、泰和山，这个时候全是红叶开放日。高处望去，层层叠叠，一片渲染，就像 3D 打印的巨大布景。瀑水高高落下，落到下面，变成了烟。

下山的时候，路边更是惊艳，那是一树树的红柿子，在张灯结彩。石头屋子隐在其间，屋上屋下，到处都是晾晒的红色块。

巧的是，这里还有一条黄花溪，黄花就是萱草，清照园子里常有的植物。到了时节，溪水碧绿，满坡的黄花堆积。

青州得益于水，城中的河，不知变换多少方式，缠绕多少道弯，将青州揽在怀中，这个过程，河水很是用了些耐心，包括耐心地接上汹涌的弥河，再奔腾入海。这些柔亮的南阳河、北阳河、东阳河，如何不使一座古城灵动润泽？由此也润泽了喜欢“兴尽晚回舟”的女词人，最美的年华。

三

什么时候下了一场雨，被雨淋湿的河泛着点点荧光。河的两岸倒是鲜明起来，绿柳扬波，花草蓬茸。顺着河再远些，是大片的花木基地，此刻赤橙黄绿，直接天际，成为一座古城的装饰。

太阳一如既往地来，霞光从云层射下，一束束的，像倒开的花。高大的城门矗立着，挡不住的夕阳，从墙垛踱进来。

年华轮转，秋风几度，古城好像还是老样子，灰色的瓦一层层地叠压着，书写着斑驳的过往，也书写着青州波澜不惊的静好岁月。光亮的石板路，每一条都通往普通的日常。云门春酒的甘醇，传统酥饼的味道，新茶的芳香，老戏的声腔，全通过它消融后传向四方。一株株老树，吸纳人间烟火，吸纳了近千年，也早被人间烟火所浸染。秋天的钟声一响，金黄的叶片群鸟样纷落，落成一地绒光。

芳草斜阳间，清照也会走向老街，去体验“庭院深深深几许”，不惟穿庭过巷，而是喜欢醉翁词中的那种妙意。欧阳修先她在这里住过，清照将他的喜欢拿来，用在自己的平仄里。还有做过知州的寇准、范仲淹，都为她所敬慕。人走了，她悄悄做了他们的邻居。

她沾染着先辈的文学意味，也沾染着青州的文化意味。市井中，她看踢花毽、抖空竹，也会上前试一试，并试试焚香烙画，让一根细香，变作纸的知音。她还学做鲜花饼、花果茶，用本地产的豹斑玉器酿制菊花酒。青州人说，清照也一定用过黑山红丝砚台，那是当地的传世佳品。她还会去青州书院会会文友，去另一个场合会会棋友，她下得一手好棋呢。

青州的闲适，清照是慢慢消受的。她词中的那些情那些景，那些山那些水，那些巷子那些花，无不来自生活的宏大背景，来自内心的细致体味。

当然也会有孤独，此情无计可消除，才下眉头，却上心头。尽管赵明诚做官的地方不算太远，在清照看来，也是海角天涯。一个真实的人，只有在异常的情境中，才更显其本性。

孤独成了她一生取之不尽的财富，等待或者寻觅，不惟为一束阳光，也为一个灵魂。女性的等待与寻觅，往往要比男性深刻得多。只是，离去青州后，一切都渐渐为空。后来的愁，与先前的愁，已不是同一种滋味。

或许是传统，多少年过去，这里依然有青州的微笑，依然喜欢花草，喜欢书画，喜欢诗词古玩，与清照相照相应。

四

月升了上来，水发出淡蓝色的光，水木青州一半在了河中。一忽真实，一忽疏离。一个个幌子轻飘着，屋瓦隐入夜色。有的店铺还开着，露出惺忪的光，有的店铺正在打烊，声音落在水里，随着月光慢慢漂走。

南阳河上的万年桥，以前是木结构的虹桥，同京城汴河上的虹桥相似。清照经过，或会引发联想。现在，桥上桥下，全是细碎的清辉。

谁指着一条巷子，说李清照曾经在里面住过。我听了一愣，所有的幻象变作了一个行动，不顾同人已远，拔脚就拐了进去。

夜被挤压在窄窄的巷子里，像一条深邃的时空隧道。身后追来的风，让隧道发出呜呜的声响，声响在哪个部分，偶尔弯曲一下。一切都已改变，唯有石板，显现着长久的存在感。

猛然，吱呀一声，一个大门吐出来一位女子，女子衣袂飘飘，轻盈一闪便不见踪影。

遂心神恍惚，眼前迷蒙。青州的花神，难道，我邂逅了你昨日的灿然？

（《作家文摘》2020 年总第 2334 期，摘自 2020 年 5 月 9 日《光明日报》）

西北偏北之星空

林　白

如果不是夜晚出城，期待中的某种东西——所谓视觉的盛宴，就泡汤了。大家以为到了额济纳，遍地都是传说中的沙漠胡杨林，天空湛蓝满树金色，等着那些闻风而动的人不远万里前来拍照，然后发到微博、微信上。

但是晚了几天，此处的胡杨树叶已然颓败失色，叶儿们虽未落下，却已不再金黄，大多数变成了泥土一样的颜色，少数虽还是黄色的，也失却了那种金色坚硬的光芒，它们再也没有人们所希冀的纯然夺目的美感了。

晚饭后忽然有人说："不如出城看星空！"于是上车，直奔城外。

出城不远就没了灯光，但还不够黑，一个城市，或者一个城镇，或一个聚居点的灯光都会影响到星空的完美。车一直往前开，雇来的司机大概不是第一次干这事，他早已见惯这些"吃饱了撑的"的城里人的古怪行径。他沉默着不言语，一直开一直开，车呼呼地向前，四面黑漆漆的，只有车前灯开辟的一条狭窄通道，两边红柳密密有一人多高，仿佛两边均是高壁，越发显得封闭、反常、蹊跷。

没有对面开过来的车，一辆都没有。已经出城很远，已经够黑，怎么还不停下？有人说："行了吧，行了。"司机一言不发，仍不减速。四面戈壁荒无人烟，车子一味冲驶，仿佛要冲进一个深不见底的黑暗之渊。往前走了很久，车才好歹停下来。这里有一处岔路，路面稍开阔，路基和戈壁也几乎持平。

跌撞着下车。刚刚落地，浩大星空就轰隆隆从四面奔涌而来——瞬间把人罩住。深吸了一大口气，然后这口气又从肺腑里滚动着出来。人人都被惊着了，惊着震着，人人都有些摇晃。

浩大星空笼罩四野——用不着抬头，星星密密地就在眼前，难以想象的多，难以想象的亮，万亿星星蜂拥着环绕四野并鼓荡着激流，它们在宇宙深处奔涌，令人晕眩。

银河清晰，就在头顶——一道银白的漫洇的星流，河心的两股是断开的，相离相偎成漩涡状。我们的头顶就是银河的河心啊，多么难得。而著名的北斗七星就悬在地平线上方，几乎是平躺着的，它斗口朝上，闪闪仰着。我从未见过躺在地平线上的北斗七星。牛郎织女星在哪里呢？本来是知道的，但忘了，二十多年未见，实在是久违了。我茫然地望着银河两边。听到有人指点，在离河心稍远处的下方，牛郎挑着一对儿女，中间一颗星，两头各一颗，离它远些的是男孩，近的是女孩，因为男孩重女孩轻。再看右上方，有一簇小星星集在一堆，那是天梭座，六颗至八颗星星，时而六，时而七，时而八，它们是淘气的，只有最犀利的眼睛才能捉到，而人类的视力已大大降低。

久久仰望，把人望到天上去，银河的河心，那相依相偎的两段星流、那闪闪仰着的北斗七星、那牛郎织女、那天梭，以及那蜂拥、奔旋、鼓荡着的全体星星的激流，我们深深仰望着。同伙中的诗人为了最大限度地让星空笼罩，他一仰身躺倒在戈壁滩上。亿万星星呼呼俯向这个敞开四肢的人。

往返一万多里才能看见像样的星空，这在从前，绝对是一件匪夷所思的事情。

从北京到兰州，一千七百公里，从兰州到额济纳，一千三百公里，加起来共三千公里，往返的路程，折算成华里，一点不错，整整一万二千里。而现在已经发展到二维码时代，我所在的小区，就连灭蟑螂也要刷二维码，而山河劳累空气重霾天地气喘吁吁。

人类奔跑着向前，向前，永无止境。

如果将来会有一天，要看星空只能刷二维码，那离人类完蛋的日子也就不远了。

（《作家文摘》2015年总第1803期，摘自2015年1月10日《文汇报》）

火车的光芒

海　飞

1978 年冬天来临的时候，父亲母亲带我去上海外祖母家过春节。现在想来，外祖母的形象更像是俄罗斯大妈的形象，她胖而慈祥，生活在上海的里弄里。我就常想，外祖母进出弄堂一定是侧着身子的。

我之所以提起 1978 年，是因为那年的冬天我在绍兴火车站的广场候车的时候，不小心打翻了我们带着的一壶油，油洒在了一位中年男人的裤子上，结果我们赔给他一块肥皂的钱，可是他还是很不高兴，说这是一条一直压在箱底的裤子。1978 年冬天，我望着广场上背着枪执勤的解放军战士，希望长大的时候也能像他一样背上钢枪。然后，一辆火车鸣叫了一声，我们挤上了拥挤的棚车。我不知道我对那年冬天为什么有如此深的记忆，我记得绍兴到上海的车价是二块一毛五，记得绍兴到上海棚车需要走十一个小时，记得那位列车员是个姑娘，长着瓜子脸和大眼睛。

棚车里有着牛粪羊粪的味道，在运载我们以前，它一定刚刚运输过牛羊。我一直倚在车门边，那儿有一条略显宽大的缝，我能看到一闪一闪的门外风景，我看到棚车开出没多久，一场大雪就开始飘落下来。在飘雪的过程中，父母亲开始长吁短叹，因为他们把一只装有瘦肉和粽子的包遗落在站台上了。在飘雪的过程中，女列车员和一个穿长大衣的男人开始谈恋爱，我认定他们恋爱了，因为车到上海后，我看到他们交换了地址。而在火车前行的一路上，他们不知饥渴地谈了十一个小时。那时候我就想，火车，真的是一个容易发生爱情的地方。

对于棚车的记忆我想一生都不会忘却，1978 年我曾经用七岁男童的懵懂眼神看着棚车以外落雪的过程和一个个草垛、一盏盏灯光，看车厢内疲惫的男人女人的脸，和他们头顶上一盏不断晃动着的油灯。走在上海里弄的时候，我感到温暖，那儿没有风，只有暖暖的灯光和男人女人在屋子里轻声的说话声。然后我的生命也像一列火车一样，不断地前行。如果有一天跑不动了，会像报废的棚车一样，停靠在路边，经历风雨的剥蚀。但是那同样美丽，不管怎样，陪着棚车的，会是一年一度春风吹开的黄花。

以前一位同事所居住的村庄附近就是一条铁路，村子里的人们一直生活在隆隆的车声中，村子里的人们还会去数一辆火车有多少节车厢，并且在百无聊赖的日子里相互争论着火车应该有多少节车厢才是正确的。我对生活在这样的地方，很是向往。那位叫小胖的同事老家屋后就是铁道，趴在窗口他可以清楚地看到火车里面的人。小胖说他进城后很长一段时间睡不着觉，是因为听不到火车开过的声音。

1989 年，我离开家门去南通当兵，很遗憾我们的任务不是保卫车站，而是看押犯人。我想我背着的八一式全自动步枪一定比绍兴火车站那位执勤士兵的枪要高级得多。现在这位老兵恐怕已经四十多岁，回到江西、四川或是安徽的老家过着一种平淡生活。但是他和隆隆的车声，在我的记忆里烙上了那么深的印痕，让我在多年以后的现在，仍然一次次跑到小城的车站，看一辆辆火车一闪而过，或是像一条软塌塌的蛇一样停下来。那么多的黄昏，我走在铁轨上，脑子里一片空白，只有风走过的声音，那么动听地响着，只有小花开放的姿势，那么优美地展现着。我的一位现在已经生活在北京的朋友，曾经是一名铁路工人，数年前他用一只老掉牙的相机，照下了我走在铁路上的情景，那么孤独和忧伤。

后来我看到过一部路学长拍的叫《长大成人》的片子，片中主人公与一位火车司机结下了友谊。主人公在车站拉煤车的生涯和我在化肥厂里拉煤的情景多么类同，但是我羡慕他能一次次看到火车奔跑的姿势。车头冒出的白气是一种蒸腾着的生命力量。

一直以为火车是有着它的光芒的，隆隆的巨响传达着一种钢铁的硬度。雪亮的车灯，照耀着前方的山山水水城市村庄。火车多么像一把锋利的刀子，把大地毫不留情地划开，或者像一根不停运动着的拉链，轻巧地来回拉动。1967年，母亲在上海站坐上了下乡插队的火车，1989年，我在诸暨小站坐上了去当兵的火车，再过若干年，就会是脸上写满岁月的我，送自己的孩子登上火车。我们的生命，都必须和火车有关。而我凡俗的人生，一直都被火车的光芒照亮。

（《作家文摘》2017年总第2060期，摘自《没有方向的河流》，海飞著，当代中国出版社2014年5月出版）

那些路

徐则臣

火车开过去，十万条道路从大地上浮起来。从北京到东海，几千里路，城市、村庄、树木和行人，然后是光秃秃的冬天。北国的野地里什么都藏不下，那些道路一条条浮出大地。我从小迷恋火车，喜欢简陋苍茫的小车站，开始坐上火车之后，又迷恋火车经过野地的时分。很多年了，说不清楚为什么独独喜欢窗外一路荒凉的景色。车穿过城市，我有离愁；经过村镇，我心生温暖；唯有驶入野地，我才充实、喜悦，莫名的悲壮一般的兴奋。

夜火车也好，白昼的旅行也好，我总要把持住窗口的位子，一直歪着头看窗外。那些一掠而过的草木和房屋，那些向后倒退的三两个行人，移动不了，再快也跑不过去的是一片大野地。我说过，只是在火车上我才真正看见了大地。所有的叶子都黄了，荒了，落了，几棵柳树繁茂的细枝条丛丛簇簇，竟然是泛着红色。沿途多处的芦苇荒在干枯的河道里，没有人收割。还蓄着去年河水的水渠和河流，满满当当地结了冰，远远看去我以为是一条明亮的路。光滑，惨白，是这个冬天的镜子。

看，我说到了路，终于找到了。我一直在窗外的野地里寻找的，大约就是这个“路”。这些年里坚定地不把目光从火车外的野地里移开，应该就是因为这些路。现在，它们终于浮到我的眼前。在此之前，它们已经浮出了大地之上，只是我没有看见。现在看见了，那么多。像从座下的铁轨处开始生长，曲折蛇行，盘旋着一块野地。也有直走的，跟风的方向相同，直来直去。几乎所有的路都高出地面，这是我在火车上发现的。

冬天里，它们结实，明亮，如同一条条带子和河流，它们把大地聚集在了一起。人家说，路是脚踩出来的。其实不如说，路是脚印堆积而成的。所有的脚印都是透明的，无数的人把他们的脚印叠放在一条带状的土地上，就成了明亮的路，就有了厚度，它们不得不高出地面。你第一次看到它们，才会发现，它们像突然之间从大地上浮起来。一茬茬人死去，脚印留下来，变成路，交错，纠结。不知道他们从哪里开始落下第一个脚印。也不知道这一条条的路最终通向哪里。

我对每一条路都充满兴趣，它们在我视野尽头隐入大地深处，它们会在哪个地方结束，又会从哪个地方重新开始。我盯着一条路，看着它被两行树和一片荒草淹没。看不见，它也在，那么多的脚印必然有个好的去处。我想象它如一湾水蜿蜒前行，奔向一间屋子，一个人，那个人站在门前，举起清白的手，她望去路如看来生，她如送如迎，对远道而来的人微笑。在风里，她有鲜活温润的身体。那条路在她脚边停下，然后重新开始，从此布满大地。

（《作家文摘》2019 年总第 2272 期，摘自《从一个蛋开始》，徐则臣著，浙江文艺出版社 2019 年 2 月出版）

家庭的遗产

冯骥才

在巴黎，我和建筑历史学家罗叶关于城市文化问题的交谈，被安排在他的家中。待到了他家，才知道这是一个别具匠心的“设计”。

他的家在位于市中心一座老公寓楼房的顶层。这种阳台上有着精致的铁栏四五层连体式的老楼，是巴黎的特色。推开厚重的大门，照例是大理石包墙铺地的门厅，楼梯旁边一架窄得只能容下一个胖子的小电梯，大都是 20 世纪 60 年代后添加的现代设施——因为老楼里只有这么一点空间可以利用。在我乘着电梯慢悠悠地上升时，忽想这肯定是罗叶先生在现身说法，向我展示巴黎人以怎样值得自豪的方式来保护他们的老楼吧。有时，伟大而高深的理论不如一个生动的范例。更何况这范例就是他本人。

然而，更叫我感兴趣的是，他客厅的陈设与家具差不多全是 1840 年的老东西。从沙发和茶几到壁炉上的座钟、瓷器、油灯、铜雕，以及墙上的画。他说这幢楼是 1840 年的，所以他给这客厅配上的东西也是 1840 年的。他很注意收集这个时代的物品，因为他非常喜欢这个时代的风格。

罗叶说：“这是我家庭的遗产。”他的神气挺得意，也很庄重。

这使我的思维一下子蹦到另一件事上。两年前，我曾到一位年轻朋友的新居祝贺他的乔迁之喜，屋内一切都是崭新放光。我问他原先家中那些老家具呢，尤其是一件大漆彩绘的屏风，古韵盎然，极具神采，给我的印象很深。不想这朋友笑着说："原先那些旧东西和这新房子不配套，全不要了。你说那屏风呀，没想到竟卖了一万四千块。我这套意大利真皮沙发就是拿那玩意儿换的。"我如挨了一棒，更像是卖了我的宝贝。

事后我写了一篇小文章，发表在青年刊物上，题目是《咱们每个人都保护好一点老祖奶奶用过的东西！》。

欧洲人把遗产看得很重要。"遗产"一词源于拉丁语，意思就是"父亲留下来的"。它有物质（财富）的含义，也有精神（财富）的内容。这就像我们家中相册里那些父母以至祖上的老照片。照片上留下的记忆总是大于照片的本身。它延长我们的人生，巩固着我们的生命积淀，时时焕发着我们的生活情感，然而不单是照片，其他旧物，也一样是过往岁月年华实实在在的载体。可是，面对着这些陈旧又沉默的遗物，人们往往就缺乏文化的悟性了，甚至纯粹把它们当作了一种物质性的家产。单一地用经济眼光去衡量它的价值。如果它残破了，褪色了，过时了，便把它处理掉。

于是，我们的家庭很少有历史印痕。或者说，虽然我们自豪于自己的数千年的历史文化，在我们每一个人的家庭里却很难见到遗迹。过去由于穷，能卖的早都卖了；现在由于富，赶快弃旧换新。

这里边，有一个对"旧"的思辨。

东西旧了，以旧更新，原是万事万物的规律。这里边还蕴含着发展与进步。然而，在农业文化中，旧的含义便遭到分外的贬低。

农业以一年四季为一个生活周期。每每完成这一轮，便进入一次新旧的交替与更迭。生活包括一切企盼与希冀就立即从旧岁跳入新年。对新事物渴望的反面，便是对旧事物的厌弃。所以，每逢春冬之交的年的全部意义，就是除旧和更新。在这种农业文化滋育中，便生成了一种厌旧心理。旧，只是一种过时，一种多余，一种废置——人们总是站在相反的立场来看待旧事物，排斥旧事物，并予抛弃。是不是由于这个缘故，我们家庭的历史就像田地里的庄稼那样年年入秋便连根锄掉？能看见的只是当年的新苗新穗？

其中的关键是我们把遗产过于物质化了。如果只把它当作一种物质，我们就会随心所欲地处置它；如果也把它视为一种珍贵的精神，我们就会永远守卫着它。以它为伴，以它为荣，甚至把它作为生命的并不次要的一部分。

《三字经》有云："人遗子，金满籝；我教子，唯一经。"古人推崇祖训、家风，将其视为一笔宝贵的精神财富代代相传，这即是一种"家庭遗产"。反观现代，我们似乎把物质看得太重，而忽视了精神的汲取。居家装修即是一例，我们生活中的必需品甚至一草一木都充满了现代化的气息，但是细究起来就会发现，每一栋房子都好像是一个模子里刻出来似的大同小异，我们生活的细节都被符号化了和面具化了，很难区别彼此。然而，家庭的个性化和独自的味道，那是一种独一无二的"家庭的遗产"，是一笔私人化的精神财富。旧的，并非没有价值，新的，也未必都是一种财富。能够承受时光砥砺的物件，反倒是一些宝贵的所在。珍惜精神遗产，胜过物质的更迭。

（《作家文摘》2016 年总第 1935 期，摘自《灵魂的巢：冯骥才散文》，冯骥才著，浙江文艺出版社 2014 年 1 月出版）

我不会带走一块石头

毕淑敏

美国最畅销的旅游杂志曾在读者间发起投票，选出 2015 年世界上最棒的小岛。谁夺冠了呢？是位于南美厄瓜多尔的加拉帕戈斯群岛。

当然，你大不必把这种评比太当真，你要非觉着自己家门口的荒凉小岛天下第一，自然也完全成立，所谓“最棒”“××佳”，臀部都打着评选者的紫药水印。不过，我还是决定在这一生当中，积攒钱财，不远万里，一定去加拉帕戈斯群岛看看。

谈何容易！加拉帕戈斯群岛坐落在东太平洋中，离它最近的南美洲海岸线有一千公里远。它也称科隆群岛，包括十七个大岛和约一百个小岛。所谓“世界最美岛屿”的评选很容易给人造成错觉，以为这里风光旖旎，美若仙境，浪漫而精致。真实情况完全不是这样的，它蛮荒而古老，为火山熔岩凝固而成，尖锐刚硬。很多岸线还保持着火热熔岩流淌时的模样，让人依稀感到惊天动地的海水沸腾之态。植被破烂不堪，时断时续，很多地方像月球表面一样干燥而荒凉，几乎寸草不生。

出了机场，见到当地导游，是身材不算高大、体魄健硕的中年汉子，自报家门，名字和一位西班牙球星相同，我便私下里称他为球王。

球王最显著的特点是他的眼睛，锥子般锋利，带着冷漠。我觉得他不应该当导游，而是去干海盗。他的两腿有相当明显的内八字，下肢弯曲，站立时两足能相碰而两膝不能靠拢，就是人们常说的罗圈腿。如果他一直在加拉帕戈斯群岛生活，此处日照强烈、鱼虾遍地，就是再贫苦的人，也不会缺乏鱼肝中富含的D族维生素。球王应该不是本地土著居民。他胳膊上文有一条怪异蓝鱼，颀长蜿蜒，盘踞着半条小臂，他告诉我这是一条龙。作为从龙故乡来的人，我对此龙的形象实在不敢恭维。不过，这说明他热爱海洋生物，并有所抱负。他项上垂挂一条硕大的银链子，下缀一枚巨大的牙齿状饰物，银光闪闪。这套物件加在一起，分量不轻，估摸着他基本不读书。读书必得俯仰颈项，这劳什子会让人得颈椎病。你看哪个知识分子脖子上敢披戴沉重的饰物连续工作？他手上并无婚戒，穿着略显邋遢的牛仔裤，鞋子也扑满加岛特有的灰黑色风尘。看来他没有正式家室，要不怎么也是出来接待外国旅行团，着装应更体面些。

在其后几天的交谈中，我有点近似打探人家的隐私，实在不好意思。好在球王豪爽，并不拒绝。

“您是这里的土著居民吗？”我问。

“不是。”球王很干脆地回答。可能是怕我因此瞧不起他的讲解，马上补充说，这个岛上都是外来人，原本只有十二户人家。

多年在外旅行，我对当地导游的解说，抱着既不信其有也不信其无的开放态度。想来偌大的一个岛子只有区区十二户人家，即使是在达尔文时期，也应该并不确实。

我说：“这是多会儿的事情？”

他眯起眼睛说：“六十年前。”

我说：“您上这个岛多少年了？”

他说：“二十年了。岛上的人越来越多，房子也越盖越多，这会影响野生动物的生活。比如原来岛上没有猫和狗，但是随着人们上岛，带来了他们的宠物，这些外来生物会偷吃象龟的蛋，就成了象龟的天敌。加拉帕戈斯之所以能保存这么多的动物，就是因为岛上没有大型凶猛动物，各种动物互不干扰、和平相处。可是，人们上岛，改变了这一切。”

我相信球王虽然不是加岛的土著，但他对加岛的热爱一点都不逊色。虽然这爱，可能是出于对自己职业生涯的担忧。

我说：“你一直当导游吗？”

他说：“是的。我没有家，每个月都会接几个旅行团的工作，这让我很自由。”

这里的一切，要感谢达尔文。

在圣克里斯托巴尔岛的道路尽头，竖立着达尔文的塑像。他目光坚定、虬髯蓬乱，很符合人们心目中与上帝分道扬镳的斗士模样。但我觉得这不确切，起码不是当年登临加拉帕戈斯群岛时的达尔文的形象。那时他只有二十七岁，鲜衣怒马。他眼中应该是好奇和探究的神色，而不似这般成竹在胸，他是“小猎犬号”上的随舰牧师，不敢说天天衣冠楚楚，起码服饰整洁。达尔文有晕动症，一般人也有晕船的，不过随着航海日程的累积，人的内耳平衡机能会渐渐皮实起来，以后就不那么敏感，除了大风大浪，基本就不晕船了。但是有总人口百分之一的人，无论怎样努力适应，还是持之以恒地晕船。达尔文不幸属于这百分之一的另类，饱受长期晕船的折磨，应该身形憔悴不堪。

1835 年 9 月 15 日，登上加拉帕戈斯群岛的第一眼的观感让达尔文深受不良刺激。他在日记中写道：“没有什么比它给我的第一印象更糟糕了……正午火辣辣的阳光烘烤着干枯燥热的地表。空气闷热难当，如在火炉中。我们甚至觉得连灌木也散发着难闻的气味。”船长干脆哀叹：“这座闷热、荒凉的岛屿与地狱相比，毫不逊色。”

我登岛的时间是 2015 年 8 月中旬，与达尔文的那次到来间隔了一百八十年，节令倒是差不多，似乎更热一些。岛上的自然风貌大体还是那样荒凉可怖，空气中依然弥漫着令人不愉快的气味。我觉得那不是灌木散发出来的，而是路旁随处可见的倒地而卧的海豹体味。

“喏，这就是达尔文地雀。”球王伸出粗壮的手指，提点我们朝不远处的地面看去。黄嘴小雀，体形大约只有麻雀的一半，比我们见惯的城市和田野中劳碌奔命的麻雀要胖，毛茸茸、圆滚滚，好像很有卖相的绒毛玩具。最令人称奇的是它的镇定感，胆大包天、无拘无束，滴溜圆的小黑眼珠充满了好奇，一点都没有麻雀家族天赐的那种诚惶诚恐的惊觉之态。

记起《说文解字》中写道：“雀，依人小鸟也。”这用来形容当今噤若寒蝉的中国麻雀，已然不确。它们不敢依人，躲还躲不及呢。

地雀原本是常见于中南美洲的一种羽色暗淡的小型禽鸟。登岛的达尔文无数次见到它们的身影，并收集了大量标本。按照地雀喙形的不同，将它们分成了十四种。达尔文渐渐悟到了这些小鸟之间的差异所具有的伟大意义。它们本是血亲，为了适应不同的生活环境而分化成相对独立的十四个种类。

达尔文没有停下自己孤独的脚步，披荆斩棘继续前行，最终得出振聋发聩的推论——地球上所有的生物，都有一个共同的祖先。这就是进化论。如果说进化论是一座大厦，加拉帕戈斯群岛上的这种不起眼的小鸟，就用乒乓球大小的毛茸茸身躯，奠定了伟大的基石。在达尔文的殿堂里，搬走了上帝的座席，安然就座的是以小鸟为代表的无穷伟力。加拉帕戈斯，于是成了遗世而立的小宇宙。

临告别时，球王叮嘱我说，离开的时候，不要带走任何东西。说罢，他眨了眨稀疏的睫毛，眼神忧郁地看着远方。

我转了话题："岛上的人一定比较富裕吧？"

球王苦笑了一下，说："酒很贵。可乐大约是大陆上的两倍价钱。我将来会买一条船，自己做船长，把船注册在巴拿马……"球王看着远方，我虽不辨东西，估计那是巴拿马的方向。

我思忖球王一定嗜酒和饮料，不然万千商品中，为什么单单举出这两物呢？我说："祝福您早日拥有自己的船！"

谢谢您的提醒，离开的时候，我不会带走一块石头。

（《作家文摘》微信公众号 2017 年 4 月 24 日）

回望瓦尔登湖

王雪瑛

十年前，巴厘岛谈判的最后一天，《联合国气候变化框架公约》各缔约方将对决议草案进行最后讨论。美国的反对成为巴厘岛气候大会一百九十个国家协商一致的“主要障碍”。刚摘得诺贝尔和平奖桂冠的戈尔飞抵巴厘岛：“我要说出一个不可忽视的真相。美国，对巴厘进程受阻负有主要责任……”面对这样的直言不讳，台下掌声如潮。

一

在读到戈尔的这段发言后，我记忆的深海里突然浮现出一个名字：梭罗。

梭罗，同样是美国人，1817 年出生于马萨诸塞州的康科德，1837 年毕业于哈佛大学，他是个品学兼优的学生，毕业后回到家乡以教书为业。他当过著名思想家爱默生的助手，1841 年放弃了教书而专心从事写作。在梭罗的笔下，自然、人以及超验主义理想交融汇合。他是 19 世纪超验主义运动的代表人物，更是一个有责任感的社会批评家，他以犀利明快的笔墨指出，人们将生活变得越来越复杂，最终的结果会导致生命的衰落。

梭罗在百年前的担忧，渐渐演变成严峻的现实。上亿吨的冰山正在融化，臭氧空洞日益扩大，热带雨林快速消失，每分钟都有新的物种灭绝，各种极端性气候频发，大规模污染威胁着人们的健康……我们的生态环境正面临着不可忽视的威胁。而他早就提醒："如果我们发现自己根本无法抵御今天这个纷繁复杂的物质世界的引诱，那么最好的办法就是'简朴，简朴，简朴'。""简朴"成了梭罗的口头禅，更是他的生活方式。他是身体力行的。

二

1845 年 7 月 4 日，美国独立日这天，二十八岁的梭罗带了一把斧子，形单影只地走进荒无人烟的瓦尔登湖畔，距康科德两英里的丛林中，仅花二十八点九美元的材料费，他就用自己的双手建起了一个容自己栖身的小木屋，安心地住了下来。

我到过梭罗的小木屋，而且不止一次，那是在几年前。

已是深冬，阳光温和地涂抹着棕色、褐色的树干，抚慰着他们绿叶凋零后苍茫的内心。各种大大小小的树干、形态各异的枝丫挤挤挨挨地靠在一起，映衬着背后无垠的蓝天，还是让我能够依稀想象出他们夏日的繁盛。在白桦和松树围绕的小路间穿行，空气凛冽而清新，我终于走到了瓦尔登湖。

它安静而朴实地躺在夕阳里，水面宁静如宽大的镜面，映着树木的身影，泛着夕阳的柔光。一百多年过去了，我不知道它有过多少改变，我只是知道一百多年前，它时常倾听着梭罗的心跳和脚步，也映照着梭罗的面容和思绪。“没有任何石头可以打碎的镜子；没有任何风雨和尘埃可以模糊它常新的镜面”，梭罗这样形容他眼中的瓦尔登湖。散文家爱默森在日记中给它取了个名字，叫“神之水滴”。的确，瓦尔登湖并不宏大，而是小巧的，但它却是梭罗从自我走向自然、体验自然的重要驿站。

拿着瓦尔登湖访问中心的小地图，我们很快找到了梭罗的小木屋。不超过十平方米，安静而孤寂，周围没有任何游客。屋内陈设极其简单，一张窄窄的单人床，床的对面是书桌和椅子，另一侧放着一个小小的铁炉子，炉上架着一只水壶。这就是小木屋的全部了。梭罗在此度过了两年零两个月。他一个人阅读，一个人写作，一个人思索，一个人生活。他按最低的物质水准，过着最朴素的生活；但他收获的是丰富的内心体验，一棵孤独的树上，结出了思想果实。

三

在以后的日子里，我常常留心查阅梭罗的有关资料，对他渐渐地熟悉起来。

梭罗自称是“风雪和风雨的观察员”。真是难以想象他要独自度过多少北风呼啸的漫漫长夜，依靠自己思想的火苗驱散无边的黑暗和严寒；他要独自承受多少皑皑白雪覆盖一切的沉寂与冷清，同样依靠自己信念的利斧，凿开坚硬的冰雪，发现快乐的温泉。终于，林木葱茏、繁花沁香的日子来了，空气中流动着万物生长的气息，在一天的辛勤劳作之后，独自面对天边瑰丽无比的晚霞，在丛林深深的宁静中，他会不会大喊一声，倾听树木、花草、湖水的回响与自己灵魂的声音？

友人问他，住在那儿能做什么，他说："单是观察四季的更迭，不是够忙的了吗？"

梭罗住在瓦尔登湖的日子里，通常需要打工六个星期来挣足这一年的生活费——他以每星期平均 27 美分的花费来维持自己的日常生活。剩下的时间，他用来阅读、思考、写作。在他临湖而居的日子里，瓦尔登湖不仅是他的审美对象，也成了他测量的对象。他曾经完成了一张比例精确的测绘图，还在湖边种植了几百株白松树。遗憾的是，这些白松在 1938 年的飓风灾害中，遭到了毁灭性的袭击。

1847 年的 9 月，在瓦尔登湖秋色斑斓的时候，梭罗离开了他的小屋，回到了他原来居住的康科德。他依然过着极其简朴的生活，始终把自己的主要精力投入思考、写作与讲课中，经过几年的精心修改与完善，梭罗终于完成了《瓦尔登湖》。此书出版于 1854 年，面世时备受冷遇，初版的两千册用了五年多的时间才卖完。直到梭罗去世以后，这本书才逐渐受到人们的重视。到目前为止，它已经出现了两百多个版本，被译成多国文字，成为 19 世纪美国文学中最受欢迎的书之一。读者惊喜地发现，与其同时代的作家相比，此书的文字风格更富于 20 世纪散文的气息。

《瓦尔登湖》对于梭罗来说，意味着什么呢？这部作品的记录，让我们了解到他两年多的湖畔生活不是消极的逃避，而是生命的体验：人还能以最单纯的方式回到自然的怀抱吗？他观察记录树木、花草、动物的生长，四季的变化；他体验着自己的内心与自然亲近时的波澜与涟漪，孤独与充实；他实践着简朴生活的理念与方式，心灵的湖面上留下了自然最美的倒影。显然，《瓦尔登湖》不仅仅是他认识自然、研究自然的文献，更是他思索体验人与自然关系的哲学著作。梭罗不是一个放弃现代文明、以回归自然的姿态走向自我封闭的复古主义者，而是一个与自然和谐相处的简朴生活的倡导者。

他在书中告诉我们：“我屋里有三把椅子，一把为独处，两把为友情，三把为交往。”他并不拒绝友人的来访，也会回到康科德探望家人和朋友。当他离开瓦尔登湖以后，还友善地劝告别人不要模仿他的行为。他坦诚地说，那完全是他个人的志趣爱好，如果一个人向往简朴的生活，无论是在纽约、伦敦、孟买或东京都可以实践。

只要心中有“瓦尔登湖”，有简朴生活的理念，我们的生活就会更有意义，更有幸福感。

四

第二次去瓦尔登湖是初夏，走的几乎是同样的路线，但季节的不同，让我看到了瓦尔登湖的另一面。大片的树林不再是瘦骨嶙峋地依着天际线，而是茂盛得不分彼此地绿成一片，阳光在林间穿行跳跃，在枝叶间留下明明暗暗的层次。

与我记忆中冬日黄昏阴冷、幽暗、清寂的画面全然不同，瓦尔登湖也不再是一幅冷色调的静物画了，而是恢复了它寻常的人气。沿湖漫步，会碰到一些美国的游客。一位母亲抱着穿着白纱裙的小孩儿站在湖水中，身边是刚刚撒出的花瓣。我有些好奇，询问后得知，孩子是在湖水中完成了受洗。

我又一次走到了梭罗小屋的遗址。说是“遗址”，是因为梭罗亲手搭建的小屋其实早已损毁了。对于损毁的原因，有两种说法：一种是说小屋毁于一场森林大火；另一种是说，梭罗把小木屋转赠给这片土地的主人爱默生，爱默生又将它转给了家里的园丁，最后是两个农夫买下小屋后，又将它拆毁了。

我们看见的小屋其实是 1980 年重建的，根据梭罗妹妹手绘的图纸搭建而成，屋内的所有陈设当然也都是复制品。知道这一事实后，我并没有太多遗憾，因为，梭罗在小屋的生活是真实的。他在瓦尔登湖畔阅读着自然的书卷，流动的水和安静的树，远方的星星和身边的清风，冬日轻舞的飞雪，夏日酣畅的雷雨……小木屋连接着一个生生不息的浩瀚世界，这是一个与他心灵相通的广阔天宇，是他与自然家园万物相通的天路，也是他提炼思想的重要驿站。

梭罗写道："湖水跟生命比，是多么的美丽，跟性格比是多么的透明，连这些嬉戏的野鸭也是干净的。"他对这些自然之物充满了审美与爱的情愫，正是由于他将自己的生命融入了自然的和谐之中。他说："无论你的生活多么卑微，你都要勇敢地面对，坚强地生活，不要回避它，也不要谩骂它。落日映照在富人的寓所，同时也映照在贫民院的窗上，而且同样光辉灿烂，门前的积雪也同样在早春融化。我想，一个人只要清静淡泊，那么他生活在贫民院就跟生活在宫殿里一样心满意足，思想愉快。"

再一次走过小木屋时，我想起了俄国诗人赞美歌德的诗句："他能看懂布满星辰的书卷，他能同海浪对话。"在湖畔流连的时光，我不由自主地想象着梭罗在这里的日常生活，想象着他用怎样的眼光阅读这里的一切，感谢他在一百多年前的提醒：简化我们的外在生活。我暗想，我们不会忘记靠近自然的神奇，不再用双手毁坏自然了吧？然而，越来越多的新闻常常让这个疑问令人忧心地延长。比如，巴西国家空间研究院最新公布的卫星图片显示：由于遭到严重的非法砍伐和焚烧，去年（2015 年）8 月至 12 月，亚马孙雨林实际遭到毁坏的面积可能达到七千平方公里，为最近四年以来的最高纪录。

读着这些消息，我的耳边仿佛听到了瓦尔登湖畔的小木屋传来的低语：简化，简化，简单生活。

（《作家文摘》2016年总第1957期，摘自2016年5月26日《人民日报》）

弗里达的神秘星球

翟永明

1990年，我住在纽约。一天，在苏荷，一家艺术书店的门口，我无意中翻到了一个女艺术家的画册，那是墨西哥女画家弗里达·卡罗的画册。那时，我从未听人说起过这个名字，尽管我一直混在艺术圈里。可以说，在20世纪80年代，通过各种地上或地下的杂志，我们了解了西方众多艺术潮流、众多重要的现代艺术家。可是，在我出国之前，我从未了解过一个重要的西方女性艺术家。此刻我发现，拿在手上的这本画册，是我一直错过的"女性艺术"，那是我从未见过的、独特而又震撼我心灵的艺术形式。最重要的是我在其中，发现了自己的影子。

20世纪80年代，我已完成了作品《女人》《静安庄》。可以说，在弗里达的画作和我的诗歌里，我们都从自身生活和经验出发，从女性视角出发，去认识和描述这个世界。隔着不同的时空，我从她的作品里，印证出自我。

弗里达年少时遭遇车祸，一生中，动过三十三次手术，终生都在与手术和病痛为伴，她的作品，也毫不隐讳地表现了这些伤痛。她因此画出了独一无二的自画像。女性经验和人生创痛，使弗里达本人和她的作品，如同坚韧的破碎之花，开出最绚丽和独特的艺术之光。当年，毕加索在巴黎看到弗里达的自画像后，曾对弗里达丈夫迪戈说："无论是德兰，还是你我，都没有能力画出弗里达这种肖像。"

在纽约，我买下了那本传记式的画册。那个夏天，我一直在读那本画册，读弗里达·卡罗的画，也读她的生活。她的画，与她的生活，是分不开的。同时，我也读到了"蓝房子"。那个代表了弗里达生活和创作的重要地点。从书上可以看到，它是一个非常独特的地方。

第二年，我和友人取道美国圣地亚哥，去了墨西哥边境的一个小城。那是一个独一无二的海关，一道铁栅，是墨西哥和美国的分界线，随手一推，我们就进了墨西哥。但是以为回美国也是如此容易就大错特错了，当我们晚上从小城回到美国海关，美国人玛丽亚被放进了海关，而我们，在一片说"不"的声音中，被拒绝入境。我绝望地感到我们将要成为一个无国籍之人，护照在美国，出生地在中国，最后在墨西哥，成为一个"悬空者"。

当时，我茫然看着四周，弗里达·卡罗就在这里，这里是她一咏三叹的南美最古老的传统，它就在脚下涌动。我想，要是趁机去墨西哥城，看看卡罗的故居，那多好。可是，我的护照还在纽约呢。目前，寸步难行。

在那个墨西哥小城，我们看到了许多南美民间艺术品，自制的面具，手工艺品，雕刻。它们中的许多意象，曾被卡罗作为自己的创作语汇，在她敏锐的女性视点里，这些原始直率的民间艺术，都是自己绘画的灵感。在一家商店里，我买了几个面具和一个五彩蜥蜴，我曾在画册上看到，当弗里达躺在床上，那个牵引她背脊的牵引架上，就挂着这样一个五彩蜥蜴。在墨西哥文化里，它代表吉祥。后来，一个美国女官员大赦我们之后，我带着面具，回到了纽约，后来，回到了中国。

1994年，我写了一篇关于弗里达的文章——《坚韧的破碎之花》。第二年，我完成了关于弗里达的一首诗《剪刀手的对话——献给弗里达·卡罗》。很长一段时间，她的气质与精神，深深地影响着我。

去墨西哥卡罗故居的愿望，一直萦绕在我心里。那座"蓝房子"，成了我的神往之地。终于，2006年，我跟随一个艺术家组织，去了墨西哥。我强烈要求在旅行计划中加入参观弗里达故居的项目。所有女艺术家都支持了我。逗留墨西哥城的时间里，我们破例地修改了路线，去了弗里达出生的所在地，也是她度过一生的故居：著名的"蓝房子"。也去了"双塔"，那是卡罗和里维拉的工作室。

我们那天非常幸运，并未等太长时间，据说，后来想去参观"蓝房子"，要排两小时队，且必须在网上预约。也许是电影《弗里达》的传播，也让"蓝房子"在世界上更加有名。

总之，在这两个博物馆里，我终于看到早就在书里、电影里看到过的那些场景。

"蓝房子"，是一个典型的墨西哥庭院，卡罗出生在这里。整个庭院是用浓烈的蓝色漆成的，庭院里，有一个相当独特的阿兹特克祭台，因为，弗里达一生都热爱墨西哥原住民的信仰——阿兹特克文明。她的作品与她的日常穿着，都充满了阿兹特克元素。"蓝房子"里有一间小小的画室，她的许多重要作品，都在这里完成。这里有她长期卧床的病房。当她因车祸致残时，她的母亲在她房间的天花板上，安了一块巨大的镜子，这样她能够躺在床上画画，画自画像。她当时只能长期躺在床上，她说："我画自己，是因为许多时光我都是一个人度过，我最熟悉的主题就是我自己。"

母亲的这个主意，影响了卡罗一生的创作。她后来画了大量的自画像，但是，弗里达的自画像，远远超越了自我，而是与宇宙、大自然和世间万物连在一起的，具有象征和深刻的意义。最重要的是：弗里达的艺术，是独立的，不在西方主流艺术系统里，甚至可以说，是反西方主流系统的。她的资源来自南美印第安历史和神话，以及自身的痛苦。

在这个神秘的"蓝房子"里，她画下了不朽名作。同时，度过了她晚年最后的余生。护身褡上画下镰刀斧头的大床，依然还在。里维拉和朋友们，就是从这里，连床一起，抬起她，送她到美术馆去参加她最后的，也是生前唯一的个展。偏院展区，展示了一组弗里达用过的医疗器械，包括画有镰刀斧头的护身褡。由此可以体会到她一生的病痛，及由此而产生的那些极具特色的画作。

此外，故居也展示了大量弗里达生前穿过的墨西哥传统服装，弗里达年轻时去美国，因为反感美国人造作的穿着，一直身穿墨西哥土著服装去参加各种聚会和宴会。别的女人争奇斗艳，她却鹤立鸡群。在美国时，她最爱去的是唐人街，曾在那里买了一件中国传统服装，回国后，经常在"蓝房子"里穿着会客。

去年（2017年），是弗里达·卡罗一百一十周年诞辰，英国伦敦维多利亚和阿尔伯特博物馆展出了关于她的大型展览《弗里达·卡罗：构建自我》。展览中，不仅有她直击心灵的个人肖像，还展出了她的二百多件衣物和私人物品——这些物品一直被锁在"蓝房子"

内，直到 2004 年才面见世人。我有幸在 2006 年，看到了它们。

那天，在弗里达故居纪念馆里，我坐在庭院里，看一部关于弗里达生平的纪录片。在我身旁，坐着艺术家叶永青和甫立亚的女儿叶甫纳。同行的“艺二代”，有好几位；但只有她，竟然与我坐在一起，聚精会神地观看弗里达的生平。我们俩一直坐到别人催促我们上车才离去。我对叶甫纳说，我最喜欢的艺术家就是她。她说：“我也是。”

几年以后，叶甫纳长大了，成为一个成熟的艺术家。有一次，我在杂志上看到她做了一个录像作品，模仿和扮演弗里达的著名画作《水之赋予我》。后来，她妈妈告诉我，她还制作了一个影像和视频作品《两个弗里达》。她一人分饰快乐与痛苦的两个“分身弗里达”。服装和道具，也是两个女艺术家，她和妈妈，自己动手制作的。我想，叶甫纳对弗里达的热爱和灵感，也许，就蕴藏于我们默默坐在“蓝房子”庭院的那一天。

离开弗里达故居纪念馆时，我买了一件 T 恤、一个手工的传统工艺品。两样东西上面，都有我最喜欢的、也是卡罗最著名的画作《两个弗里达》(叶甫纳正是以这幅画为题材，以新媒介和自拍照的方式，重新演绎了《两个弗里达》，想来，她也是非常钟爱这幅画的)。

画中，右边穿着墨西哥传统服装的，是迪戈深爱的弗里达，而左边穿着维多利亚婚服的，是被他抛弃的弗里达。被爱的弗里达手里拿着迪戈的雕像，而被抛弃的弗里达，左手手术钳掐住了流血的心脏。两人的手拉在一起，两个人的动脉，绕过脖子，连在一起。后面的乌云翻涌，象征着她和丈夫的婚姻危机。弗里达通过这件作品，表达自己的双重人格和矛盾心理。

T恤一直被我保留着，有时，我会穿上一穿，两个弗里达贴在我的胸前，好似被弗里达附体，我会穿越到墨西哥，穿越到卡罗的故居——那个曾接纳过无数名人的庭院。那些曾与卡罗一起生活，并成为她不朽题材的狒狒、小鹿、鹦鹉，也都不在了，留下的，只是石板缝里渗出的沧桑和满院的鲜花，以及全世界赶来缅怀她的人。我会想起坐在蓝房子里，观看弗里达留下来的影像，在那些被记录下来的时刻里，她依然生机勃勃，她是全世界女性的榜样。

另一件从“蓝房子”带回来的小工艺品，我一直摆在家中最显眼的位置。前一阵子，它们都排上了用场。为了参加一个手机摄影展，我用这几样道具，在自家阳台上，在一间废弃了的庭院里，请了两位女诗人做模特，拍摄了一组照片。在这组照片中，我挪用了弗里达的色彩，挪用了弗里达最著名的眉毛，挪用了她最爱穿的墨西哥民族服装，最后，挪用了《两个弗里达》的意象。这组照片的名字，就叫《向弗里达致敬》。

如果说，女性一生中，有一个不容错过的地点，有一个远方，那就是弗里达的“蓝房子”。在那里，你会找到自我，找到生活的激情和坚不可摧的意志。找到如何超越个人不幸，进入艺术之境，进而去探索生命普遍的残酷，并随之成长。正如弗里达蔑视自己的厄运时说：“我既然有翅膀能飞，干吗还要双脚呢？”

（《作家文摘》2019年总第2266期，摘自2019年8月21日《北京青年报》）

阿尔的太阳

肖复兴

那年在法国的普罗旺斯漫游，我执意要车拐了一个弯，到阿尔去一趟。因为阿尔曾经有过凡·高。凡·高很多画里，画有阿尔的人物、风景，包括阿尔的巴旦杏和向日葵，以及如今已经非常有名的兰卡散尔咖啡馆。

当然，更重要的是，还有阿尔的太阳。那个升起在普罗旺斯热带天空和空气中辉煌的太阳。正是由于有了这样辉煌的太阳，才有了凡·高的画作。可以说，来到阿尔后，凡·高画的油画中，无不迸发着这样的太阳的光芒，他的画面才充满了自文艺复兴以来画家们很少用过的那样浓重浑厚的黄色，向日葵那种耀眼的金黄，才成了凡·高艺术与生命极致的象征。

记得读美国作家欧文·斯通撰写的《凡·高传》中，他曾经写道，在凡·高的“眼中看见周围那些在白热化碧蓝带绿的天空下从浅黄到橄榄棕色、青铜和黄铜的颜色。凡是阳光照到之处，都带有一种像硫黄那样的黄色”。于是，“在他的画上是一片明亮的、燃烧的黄颜色……他的画上浸透了阳光，呈现出经过火辣辣太阳照晒而变成的黄褐色和空气掠过的样子”。这样说来，凡·高笔下太阳燃烧的金黄色，确实是异常丰富的。

来到阿尔的时候，已是黄昏，西垂的太阳还是一片热辣辣的金光四射，完全不像是夕阳老人就要告别下山的样子，依然如健壮的小伙子一样活力迸发。灿烂的光芒照透每一棵树，把树上的每一片叶子都锻造成金子一样炫目反光，连风中都有阳光金属般爽朗的铮铮之声。心里不住在想，不愧是阿尔的太阳，是凡·高画过的太阳。

当我在城里转了一圈，参观过古罗马的剧场和凡·高画过的《夜间的咖啡馆》之后，驱车行走在阿尔郊外一片开阔的田野的时候，太阳还是迟迟不肯落山，依旧是那样地炽热，灿烂得把每一缕光芒像天女散花一般洒落在远处的麦田和近处的罗讷河上，把河水映得分外金黄。显然还不是麦收的季节，眼前的麦田却如同麦浪翻滚的样子。

我想起一百二十多年前，凡·高曾经走在这片田野里的情景。我不知道，那时候的麦田是不是这样子。只知道，从巴黎来到这里的凡·高，穷困得如同一个乞丐，连喝一碗汤都成为一种无法实现的奢求。而且，关键是阿尔的人们都不愿意给他当模特，而都认为他是一个疯子，甚至给阿尔的市长写信，要求管管这个疯子。凡·高只有走出城来到这片田野，画风景写生，顽强而执着地实验他的笔触和色彩。

就是在这片田野里，凡·高刚刚画完麦田，遇到了邮递员卢朗先生。

那是个星期天的黄昏，卢朗先生带着他的儿子在玩。凡·高和他打了招呼，卢朗先生天天看见这个红头发的荷兰人背着画夹，也不戴帽子，就那么顶着毒太阳，一画一整天地在田野里忙乎，人们给这个荷兰人起了个外号叫“伏热”，这个法语词翻译成中文的意思是“红头发疯子”。烈日炙烤下画一天画，常让凡·高头晕目眩，但也让他充满激情和渴望。不过，这一切的痛苦和欢欣，又有谁知道呢？

卢朗先生冲凡·高客气地打了个招呼，然后，指着凡·高画夹上刚画完的麦田，客气地说：“您的麦田画得像个活物！”接着，又指着正沉沉的落日和树上被落日所染上火焰一样的光芒说：“这也像个活物，您看是不是先生？”

卢朗先生这话让凡·高一愣。来到阿尔以来，还没有人对他说过这样的话，更没有夸过他的画，而且他说得有道理，讲得既简单又深刻。他像遇到了知音。他继续和这个邮递员聊了起来。卢朗先生和他聊起了上帝，卢朗先生说：“现在的上帝似乎变得越来越令人难以置信了。上帝不存在于你画的那片麦田里，一到现实的生活里，上帝就……”凡·高看出了卢朗先生对上帝的失望，他对卢朗先生解释道：“我理解你，不过我觉得你不能以这个世界的好坏来评价上帝，这个世界只不过是幅未完成的习作。”

从绘画到上帝，他们两人聊得很投机，而且聊得还很有哲理。就这么一直聊到太阳真的落下山，小星星都出来了。来到阿尔这么长时间，凡·高从来没有和当地人聊这么久。他禁不住打量了一下卢朗先生，他忽然发现这个当了二十五年却从来都没有得到提升的邮递员，用每个月挣来的一百三十五法郎微薄的薪水养育了四个孩子，内心那样地丰富。而且长得也有特点，他长着苏格拉底式宽宽的额头。于是，他对卢朗先生说：“我想为您画一幅肖像可以吗？”说完，他的心里有些忐忑，因为在阿尔没有人愿意为他当模特。可是，卢朗先生却答应了，只是说：“我感到荣幸，但我长得难看，干吗要画我呢？”凡·高高兴地说：“假如真有上帝的话，我想他一定也长着和你完全一样的胡子和眼睛。”

这一段对话，是欧文·斯通在他的《凡·高传》中写到的。我有些怀疑是欧文·斯通自己凭想象而杜撰的。因为无论凡·高还是卢朗，都早已不在人世，他怎么会知道他们两人当初的谈话内容，而且是这样的具体和绘声绘色呢？但是，凡·高确实为卢朗先生画过肖像画，而且不是一幅，一共六幅。其中最著名的是画于1888年的《邮差卢朗先生》，蓝色的制服、黑色的勾边、金色的长胡子和金色的制服纽扣交相辉映，闪烁着明亮而温和的光。这幅现在藏于美国波士顿美术馆的油画，几乎也印制在所有凡·高的画册里，成为凡·高人物肖像的代表作。

凡·高和卢朗先生成了朋友。他曾经到过他家做客，并为他的夫人也画过肖像画。即使后来卢朗先生调到马赛邮局工作去了，他们也常常来往。凡·高患病住进圣雷米精神病医院的时候，卢朗先生常常来看望。凡·高出院的那一天，也是卢朗先生来接的他。在凡·高短短三十七年苦难多于幸福的生命中，邮递员卢朗先生是他的一抹亮色，普通人质朴的情感，是注入他生命与艺术的力量。那力量蕴含在底层人的艰辛与自尊、自重之中，就像种子在泥土里，阳光在云层里一样。

应该说，对于凡·高来说，卢朗先生也是阿尔的太阳。

（《作家文摘》2015年总第1832期，摘自2015年3月30日《人民政协报》）

敲贝多芬的门

宁 肯

今年春天，一年一度的欧华文学论坛在维也纳《欧洲时报》的会议厅举行，来自法国、西班牙、捷克、匈牙利、德国等十几个国家的旅欧华人作家济济一堂讨论文学艺术。在德国出版过《早安，重庆》并引起轰动的华人女作家海娆讲述了最初的一段赴欧往事：她带着二十多年的人生必需品，包括左挑右选的书离境，结果行李超重，没钱付费。在必需品中只能放弃占分量的书，一本一本地往外拿，就像登月前一样。最后只留了两本杂志：《当代》2001 年一、二期，上面刊载着长篇小说《蒙面之城》（上下）。十八年了，《蒙面之城》一直是她珍爱的小说，读过不知多少遍。她讲这段往事时我就在场，此前我不认识海娆，完全不知此事，我非常惊讶，在这音乐之都感到一种旋律升起，一种最熟悉的音符敲响，我还没去不远处的贝多芬故居，正准备去却似乎已置身那里。

贝多芬故居，一座白色公寓楼，没有任何明显标志，没有喧哗，现在不是贝多芬在敲门，是我在敲贝多芬的门。整栋白色的楼仍住着人，像左近任何一栋公寓楼一样，只是这栋楼前的一条小路多种了些植物，对周围生活没有构成任何干扰，甚至没有任何标志，但谁都知道这条小路就是著名的“贝多芬小路”。它仍是一条普通的小路，贝多芬走过无数次的绝望的小路，沉重的小路，狂喜的、悲伤的、宁静的小路，拥抱群星与太阳与黄昏与清晨的小路。

故居在五层，爬着旋转的楼梯——贝多芬爬过不知多少次，时常停下叹息，低着暴风式头发——到了五层才有个很小的售票窗口。买了票，一个高挑的穿开身毛衣的老人带我们参观，《天·藏》的译者李素给我做翻译。五层是顶层，贝多芬在这儿租了三个房间，住了七年，老人说，有一年贝多芬要在北面房间墙上打一个洞，这样可以看得远，房东不同意，贝多芬与房东发生了激烈的争执，“据理”力争，最后愤而离去，不租了。贝多芬搬走了，但房东料定贝多芬还会回来的，果然不久贝多芬又默默地回来了。

钢琴很老了，琴凳时有人影闪烁，时针永久停住，不同年代的手稿，给无从考察的情人的信，贝多芬面膜——紧绷着嘴，紧闭并垂视的眼，比任何一张贝多芬的肖像都更贝多芬，几乎就是贝多芬。然后是贝五，伟大的《命运》手稿。我不懂德文，加上龙飞凤舞的修改，又是在五线谱上，至少仅就我个人而言，那两百年前的手稿看上去就跟现在二维码一样。我非常惊讶，难道二维码早在两百年前就有了？它是贝多芬的发明？《命运》的发明？是贝多芬与当今世界的天作之合？我盯着手稿使劲看，几乎想用手机扫一下，没敢，真扫出什么可不得了，在这样的地方不可轻举妄动，真看到贝多芬怎么办？

故居最里面的房间，一张简易翻盖的桌上，放有聆听《命运》的耳麦，一把同样简易的椅子。我戴上耳麦，好像以前听一样，或者太随便了，结果一按键，要不是有椅子，我非得坐在地上不可：巨大音响“3331”音符从天而降。当然，从天而降我是熟悉的，听过无数次了，但在这里还有一个方向非常陌生，从来没有过。那就是几乎从天而降的同时我感到背后有一双大手放在了我肩上：“命运”敲门之声响起……

我一动不敢动，但整个人又鼓满风飞起来，落下去，一会天空，星辰，一会月光，海面。一个人十八年前漂洋过海只带了我的小说，她展示的杂志磨得甚至已长出白发。论坛主持方丽娜女士邀请我和李素做主题对话时，说我在欧洲有许多华人读者粉丝，我觉得有点夸张，说实话，我是一个从来不关心自己读者的人，我只写我的，我一直认为我没有多少读者。海娆是个震撼，但也不代表我有很多读者，相反海娆是偶然的，就是说，所有必然的都不会震撼我，只有偶然才会真正震撼我。偶然比必然可贵得多。这也是《蒙面之城》表达的。

在《命运》中或者在贝多芬的二维码中，我的脑海同时演奏着纷至沓来的记忆，海娆像流星一样偶然划过现在的天空让我不由得想起三十五年前，我非常年轻时趴在拉萨一所石头房子写《蒙面之城》的情景：那是冬天，没有火炉，晚上脸盆里的水会结冰，我趴在一张简易的两屉书桌上写一个人的命运。不知未来会怎样，就是纯粹地写，做梦，听音乐，在音乐中睡去。在寺院的法号中和早牧的牛鸣中醒来，哞哞哞，咩咩咩，给远方的什么人写信，包括可能的恋人，实际是不可能的，有点像贝多芬。然后继续写《蒙面之城》，在写作中爱，倾注，悲伤，不屈。早晨来电了，打开电炉，炉丝火红，一圈圈非常的幸福。一会儿水就烧开了，敞开门，面对雪后白色的群山。直到十五年后《蒙面之城》才最后完成，但发表又遇到困难，辗转到网上，引起轰动，此后又全文发表在《当代》上，两期刊出，荣誉纷至沓来，所有荣誉都无法和海娆的故事相比。几年前当我听南非一家华人报纸在连载《蒙面之城》我已觉非常惊讶，不可思议，现在是海娆。

命运是什么？绝不是一条直线，而是一条虚线，一些孤立的点，这些孤立的点由时间慢慢串起，像一条项链。每个人的点或多或少，即使贝多芬那么伟大，我也不认为他的点是多的。而我不喜欢成功点太多的人，我喜欢某种意义上的成功的失败者，或者失败的成功者，如卡夫卡、凡·高，中国的海子、苇岸、刘烨园——有多少人知道后两个人？但这无关紧要。今年（2019 年）6 月 30 日刘烨园辞世，我踏上去济南的列车为他送行，没有多少人为他送行，同样无关紧要。有多少人曾为卡夫卡送行？刘烨园在最后的《致朋友》中由他口述，妻子记录：“我的夜空正在渐渐龟裂开来——青春没有离我而去，激情犹在，我只是累了，纪念那些未能从海上归来的人。”这是康·帕乌斯托夫斯基的话，刘烨园最后引用了它，他喜欢这句话，他就是那没从海上归来的人，他仍在风浪中，在船上。

今年 8 月，我的八卷本文集在上海出版了，说实话我一直不太敢想这事，直到拿到厚厚一套精装本，我才相信这是真的；在思南公馆，我与《收获》主编程永新、上海文艺出版社谢锦对谈文集时又时时不相信这是真的，但我在说话，在侃侃而谈，在几乎是出演自己，甚至演技高超，但那真的是我吗？是那个在西藏石头房子里瑟瑟发抖写作的人吗？我始终觉得我的本我是一只寒风中瑟瑟的小猫。过去，我只觉得像鲁迅先生那样的人才出文集，怎么我也出起来了？

这是什么命运？我不害怕寂寞，风，但有点害怕荣誉，我总觉得我身上装着别人的东西。

在《命运》的房间听《命运》，感受贝多芬按在肩上的大手，有一种温暖的湿润的百感交集的东西，未知的东西。我感觉贝多芬一直在房间，只要用你无论短或长的人生聆听，他一定在。

我来得晚了点，但还不算太晚。我希望每个人都有机会敲一下贝多芬的门，或者，自己的门。

（《作家文摘》2020 年总第 2303 期，摘自《散文海外版》2020 年第 2 期）

见墓如面

阿　冷

在旅行中，我喜欢去看墓地。

西人的教堂往往有墓园或者墓堂。最特别的一个教堂，是捷克的人骨教堂，位于布拉格以东约七十公里的小镇库特纳·赫拉。14世纪的黑死病和宗教战争导致欧洲尸横遍野，传教士们为了安慰亡灵，带人收集了遗骸，清洗整理后用来装饰教堂。

几百年的时光，人骨并未腐朽垮塌，给人的感觉不是腐烂和黑暗，而是整洁而精致，满足了一个处女座强烈的秩序感。烛光下，人骨组成的灯架、盾牌和墙饰很是别致，甚至有俏皮之感。对于有信仰的人，无论是教堂建造者，还是这些遗骸自身，这里一定是通往天堂最近的路吧，这样的路理应没有恐怖，应充满笑声和歌声。

在意大利比萨，游客们对着斜塔摆出各种姿势照相，我倒是对斜塔旁边的纳骨堂一见倾心。这是座长方形回廊建筑，白色大理石，镂空式大窗格，阳光随意泼洒进来，仿佛一曲轻松的小步舞曲。

其实要论西方教堂陵墓，位于佛罗伦萨圣洛伦佐教堂的美第奇家族陵墓是最伟大的，没有之一。这里所有雕塑都出自米开朗基罗之手，虽然没有完全完工。面对以《昼》《夜》《晨》《暮》命名的四座雕塑，会觉得从大理石中诞生的人物充满生命的复杂和彷徨。

据说，佛罗伦萨诗人乔凡尼·巴蒂斯塔·斯特罗茨见到《夜》后，写下了一首热情的诗：

夜，
为你所看到妩媚的睡着的夜，
那是受天使点化过的一块活的石头；
她睡着，
但她具有生命的火焰，
只要叫她醒来——她将与你说话。

米开朗基罗读后殊为伤感，用另一首诗作了酬答：

睡眠是甜蜜的，
成为顽石更幸福；
只要世上还有罪恶与耻辱，
不见不闻，
无知无觉，
于我是最大的快乐；
不要惊醒我啊！
讲得轻些。

米开朗基罗本人的墓堂，却没有这种百转千回的感觉。他的墓位于佛罗伦萨圣十字教堂，与但丁、伽利略、马基雅维利、罗西尼等同居一室，墓雕由他的学生瓦萨利设计。我一直在想，瓦萨利在设计的时候，是不是压力山大，所以本着中规中矩、不出彩也不要出错的宗旨，替老米刻了个胸像，以及三个人物雕像，分别代表老米在绘画、雕刻和建筑上的艺术成就。看上去，真的蛮平庸的。不过也不要紧，梵蒂冈西斯廷小堂，在末日审判的群像中，老米在一个不起眼的角落里悄悄留下了自己的自画像。

我的一位好友是作曲家，她曾独自一人去拜访在奥地利的莫扎特墓，坐了很久，跟墓主对话，她说："你知道吗，因为你，造就了我的音乐人生。"

作为一个更倾向于无神论的人，我常常觉得，墓园其实是为了生者而设。亡者已经烟消云散，是生者需要这些，来弥补失去和抚慰伤痛。

我所见过世间最美丽的墓，是奥黛丽·赫本的墓。

瑞士莫尔日是一个安静的小镇。奥黛丽·赫本最后的居所。只知道她的墓在小镇附近，但不知道在哪个方向，于是跑去问路边三个老人。

老人很和气也很热情，只是他们完全不懂英语，我们完全不懂法语，欢快地聊了半天，彼此唯一听懂的就是奥黛丽·赫本这个名字。同伴祭出手语大法，做了个睡觉的姿势，又做了个掩埋的姿势，老人家们恍然大悟，其中一个指着一条街的方向，往前一伸胳膊画了条直线，又使劲画了个圆圈，然后做了个斜上方的示意。

走到路尽头，我们俩哈哈大笑起来。原来圆圈是环岛，环岛过去就是来时汽车上看到的那个小山坡，斜上方自然就是爬上这个山坡。

墓园就在那棵树边。推开低矮的木栅栏门走进去，奥黛丽·赫本墓很好找，墓地上的小天使像和墓前的鲜花是如此醒目。她的墓很朴素，只有名字和生辰。《罗马假日》的公主就长眠于此，见墓如面。

晚上在莫尔日小镇上的中餐厅吃饭。老板娘是一位华人阿姨，很亲切，阿姨来瑞士几十年了，说80年代末的时候在超市见过赫本一次，我们赶紧问她怎么样怎么样。

虽然时隔那么多年，阿姨依然有点激动地说："风采无可抵挡！"我跳起来说："阿姨我们要跟你合个影！见不到赫本，见到你也好幸运。"

在《夏日走过山间》一书中，约翰·缪尔这位美国国家公园之父在约塞米蒂流连忘返，在自然的风貌和树木花草的荣枯中，欣赏着"如生命般美丽的死亡"。我觉得，参观墓地也有如欣赏这种美。生如夏花，逝如秋叶，就如同大自然本身。

（《作家文摘》2017年总第2066期，摘自《中国新闻周刊》2017年第27期）

图书在版编目（CIP）数据

从仰望星空开始 / 梁衡等著；《作家文摘》编 . — 北京：现代出版社，2022.1

（《作家文摘》名家散文系列）

ISBN 978-7-5143-9317-0

Ⅰ. ①从…　Ⅱ. ①梁… ②作…　Ⅲ. ①散文集－中国－当代
Ⅳ. ① I267

中国版本图书馆 CIP 数据核字（2021）第 180213 号

从仰望星空开始（《作家文摘》名家散文系列）

作　　者　梁　衡　刘慈欣　毕飞宇　等
主　　编　《作家文摘》
责任编辑　毕椿岚
出版发行　现代出版社
通信地址　北京市安定门外安华里 504 号
邮政编码　100011
电　　话　010-64267325　64245264（传真）
网　　址　www.1980xd.com
电子邮箱　xiandai@vip.sina.com
印　　刷　三河市宏盛印务有限公司
开　　本　710mm × 1000mm　1/16
印　　张　16
字　　数　178 千
版　　次　2022 年 1 月第 1 版　2023 年 3 月第 4 次印刷
书　　号　ISBN 978-7-5143-9317-0
定　　价　48.00 元
